삶이

그대를 속일지라도

삶이 그대를 속일지라도

푸쉬킨 외 지음 | 홍석연 엮음

삶이 그대를 속일지라도
슬퍼하거나 노하지 말라.
슬픈 날을 끝까지 참고 견뎌라.
그러면 즐거운 날은 오고야 말리니.

마음은 미래를 바라지만
현재는 한없이 우울한 것.
모든 것 하염없이 사라지나
지나가 버린 것은 그리움으로 남게 되리니.

삶

삶이란

아름다움이며

슬픔이자, 곧 기쁨이다.

삶이란

나무며, 새며

물위에 비친 달빛이기도 하다.

삶이란

노동이며, 고통이자

희망인 것이다. 사랑이 충족된 것이

삶의 모습이다.

　이따금 지나온 내 삶의 길을 따라 추억 속으로 되돌아가 보면, 그 때마다 잃어버린 수많은 나날에 대한 후회 때문에 한가닥 따뜻한 눈물이 눈기슭을 촉촉하게 적신다. 그리고 이제는 내 어린 시절의 일들을 이야기해 줄 어느 누구도 남아있지 않다는 사실에 새삼 전율한다.

　내 어린 시절의 대부분은 그리움에 대한 찬탄과 그 누구도 비밀을 밝힐 수 없는 불가사의한 행복에 굳게 갇힌 채 빛나고 있다. 그것은 나약한 인간의 불완전하고 궁핍한 모순 투성이 삶이기 때문에 우리들의 어린 시절을 낯설게 하고 손바닥에서 굴러 떨어진 보물처럼 허전하게 만든다.

　때때로 먼 회상에 잠기면 소년 시절에 이르는 추억의 실타래를 되감을 수 있으나 그 이전의 일들은 희미한 영상 속에서 서서히 부서져 내리면서 조각조각 기억으로 남을 뿐이다. 추억을 통해 하나의 탑이 뒤로 물러서듯 사라지고 마침내 끝도 없이 펼쳐진 수수께끼와도 같은 미래의 불안정한 삶의 바다만 보일 뿐이다.

인생

인생은 사람들이 말하는 것처럼
어둡기만 한 것은 아닙니다.
아침에 내리는 비는
빛나는 오후를 선물합니다.

때로는 어두운 구름이 몰려오지만
금방 지나갑니다.
소나기가 와서 장미꽃을 피운다면
소나기가 내리는 것을 슬퍼하거나 미워할 이유가 없습니다.
인생의 즐거운 순간은 그리 많지 않습니다.
반가운 마음으로 그 시간을 가지면 됩니다.

가끔 죽음이 찾아와
제일 좋아하는 사람을 데려간다 하더라도
슬픔이 승리하여
희망을 짓누른다 하더라도 어떻습니까.
| 샬롯 브론티 |

어느 맑은 아침, 나는 팔베개를 하고 풀밭에 드러누워 있었다. 태양은 머리 위에서 금빛으로 빛났고 시냇물은 이야기라도 나누듯 도란도란 흘러가고 있었다. 붉은 양귀비꽃들이 섬을 이루고 있는 듯한 주위에 푸른 풍령초와 등꽃 빛깔의 황새냉이도 살며시 돋아 있었다. 그 위를 노랑나비, 가냘픈 부정나비, 아름다운 빛을 반짝이는 오색범나비, 빨강빛이 드문드문 섞인 장군나비도 날아다녔고, 풍뎅이의 연한 푸드덕거림이 아련하게 들리고 있는 초원은 온통 꿈의 바다였다.

그 광경을 보는 순간, 갑자기 나를 압박하며 숨막힐 듯 가슴을 설레이게 하는 기쁨이 짜릿하게 전해 옴을 느낄 수 있었다. 대개의 아이들이 그렇듯이, 내가 만약 아이였다면 모자를 벗어들고 그 아름다운 나비를 살그머니 덮치려고 했을 것이다. 그때 인기척에 놀란 나비는 순간 사방을 힐끗 살피더니 사라져 버렸다.

내 젊은 날의 꿈처럼……

인생 예찬

슬픈 사연을 나에게 말하지 말라.
인생은 오직 헛된 꿈에 불과하다고.
잠자는 영혼은 죽은 것과 같으니
만물의 겉모습은 그대로가 아니다.

인생은 진실하고
인간의 삶은 진지하다.
무덤이 그 종말이 될 수는 없다.
'너는 흙이니 흙으로 돌아가라'
이 말은 영혼에 대해 한 말은 아니다.

우리가 가야 할 곳, 또한 가는 길은
향락도 아니요, 슬픔도 아니다.
저마다 내일이 오늘보다 낫도록
행동하는 것이 목적이며 길이다.
인생의 길이다.
| 롱펠로우 |

11

　멀지 않아 모든 것은 하나씩 사라져갈 것이다. 어리석고 천재적인 전쟁도, 적을 향해 악마처럼 퍼져가는 독가스도, 콘크리트의 견고한 도시의 광야도, 그리고 덤불의 가시보다 더 날카로운 철조망도, 수많은 인간들이 괴로움에 떨며 쓰러지는 죽음의 요람도, 무분별하게 지능을 쏟고, 무한한 노고를 비열한 계교를 써서 짜놓은 성공의 플랜카드도, 땅과 하늘과 바다 위에 쳐놓은 죽음의 그물도 멀지 않아 사라질 것이다.

　그러면 산은 푸른 하늘에 머리를 묻고 밤마다 별은 빛날 것이다. 쌍별자리, 카시오페리아, 대웅좌, 이것들은 스스럼없이 운행을 반복하고 나뭇잎, 풀잎은 은색의 아침 이슬에 빛나며 밝은 날을 향하여 푸르름을 더할 것이다.

　그리고 끝없이 불어오는 바람 속에서 파도는 바위와 모래 언덕을 향해 물결칠 것이다. 그때 세계의 역사는 끝나게 된다.

인생의 계절

한 해가 네 계절로 나누어져 있듯이
인생에도 네 계절이 있다.

건강한 사람의 봄은 그의 영혼이
모든 것을 아름답게 받아들이는 때이며
그의 여름은 밝고 빛나며
봄의 향기롭고 명랑한 생각을 사랑하여
열정을 꽃피우는 때이므로 그의 꿈이 하늘 끝까지
높이 날아오르는 부푼 꿈을 꾼다.

그의 영혼에 가을 오면
그는 꿈의 날개를 접고,
올바른 것들을 놓친 잘못과 태만을
벌판의 실개천을 무심히 바라보듯이
방관하며 체념하는 상실의 계절이다.

그에게도 겨울이 오면 창백하게 일그러진 모습으로
죽음의 길을 먼저 떠나가리라.

| 존 키츠 |

우리는 한정된 시간 속에서 서로 영혼의 깊이를 조금씩 가늠해 본다. 그러면 뮤즈[신]는 무한한 빛으로 부서지고, 소리가 흩어지는 곳에서 날카로운 시선을 번득이며 우연의 어떠한 법칙이라도 발견하려고 열심히 주위를 살핀다.

끝없이 부서지는 파도의 무의미한 음향, 허공에 떠 있는 빛바랜 창백한 무지개를 우리는 사랑했었다. 또한 심연과 같은 공포와 그 끝을 알지 못하는 죽음의 고통에서 느껴야 하는 극한 상황을 사랑할 수밖에 없었다.

막막한 곳에서 몸부림치듯 떨고 있는 소리와 명멸하는 빛깔의 열병으로 우리는 자신만의 세계를 쌓아올렸다. 사실 그것은 신비하고 불가사의한 시간의 흐름이었다. 우리의 뮤즈는 더욱 창백하고 야위어갔지만, 꿈을 꿀 때마다 아름다운 모습으로 변모하는 신비로움이 있었다.

인생의 계단

꽃이 피는 것처럼 꽃이 시들고
청춘이 늙듯이
인생의 계단도, 지혜도, 덕도 모두 그때그때
영원히 존재하지는 않는다.
삶의 외침을 들을 때마다
마음은 용감하게, 슬퍼하지 않고
새로운 다른 속박을 받아
작별과 재출발을 준비해야만 한다.
일의 시작에는 마력같은 것이 깃들어 있다.
그것이 우리를 지켜주고 살아가게 하는데 도움을 준다.
우리는 이어지는 생의 공간을 명랑하게 뚫고 나가야 한다.
우리가 어떤 생활권에 뿌리를 내리고
마음 편히 살게 되면 탄력을 잃기 쉽다.
새로운 출발과 여행을 떠날 준비가 되어 있는 자만이
습관의 일상에서 벗어나게 될 것이다.
임종의 순간에도 여전히 우리는 새로운 공간으로 향하여
건강하게 보내게 될지 모른다.
우리들이 부르짖는 삶의 외침은 끝나는 일이 없을 것이다.
마음이여, 이별을 생각하지 말고 건강하게 되어라.

| 헤르만 헤세 |

　젊음이 물결같이 흘러간다는 것을 알게 될 때 우울한 감정
이 더욱 우리를 외롭게 만들거나 슬프게 한다.

　인생의 종말인 암흑을 향해 시간이 째깍째깍 금속성 소리를
내면서 우리의 생명을 사정없이 단축시키고 있다는 생각을 하
면 어찌 슬픔이 없겠는가.

　그러나 인생의 길이 햇빛 찬란한 청춘에서부터 노년의 깊은
그늘진 골짜기로 가는 것이 필연적인 행로라고 생각한다면 이
는 분명히 잘못된 생각이다.

　청춘의 밝은 빛이나 노쇠의 그늘이 자신의 내부로 찾아오는
그 암울한 그림자를 보게 될 때 이와 같은 생각이 일어나게
되는 것은 당연하다.

인생은 축제와 같은 것

인생을 이해하려 해서는 안 된다.
우리의 인생은 축제와 같은 것
하루하루를 일어나는 그대로 살아나가라.
다만,
바람이 불 때 흩어지는 꽃잎을 줍는 아이들은
그 꽃잎들을 모아둘 생각은 하지 않는다.
꽃잎을 줍는 순간을 즐기고
그 순간에 만족할 뿐이다.
[릴케]

　남루한 삶의 시간 속에서 나 자신에 대해 절망한다 할지라도, 나의 위치를 지키다가 끝내는 외톨이가 되고 우스꽝스럽게 변모한다 할지라도 인생과 그 의미의 가능성에 대한 경외심을 결코 버리지 않으리라.

　양심의 가책이라는 상태는 종교적으로나 심리학적으로 볼 때, 인간의 마음을 불안하게 한다. 양심의 재판소, 즉 순수한 생활의 본능이 양심과 대립된다는 것은 일종의 행복이다.

　종교와 신화는 시와 같은 것으로 인간들이 헛되게 합리적인 것으로 옮기려 하는 이미지 속에 표현하고자 하는 시도라 하겠다.

인생은 하나의 거울

세상에는 영원히 변치 않는 마음과
굴복하지 않는 정신이 있다.
순수하고 진실한 영혼들도 있다.
그러므로 자신이 가진 최상의 것을 세상에 주면
최상의 것이 너에게 다시 돌아올 것이다.

마음의 씨앗을 세상에 뿌리는 일이
지금은 헛되게 보일지라도
언젠가는 열매를 거두게 될 것이다.

부자이든 가난한 사람이든
삶은 다만 하나의 거울로
우리의 존재와 행동을 비춰줄 뿐이다.
자신이 가진 최상의 것을 세상에 주면
최상의 것이 꼭 너에게 보답할 것이다.
| 매를린 브리지스 |

　구름은 신이 앉아 있는 하늘과 가엾은 대지와의 사이 그 어느 것에도 속하지 않으며, 모든 인간의 동경과 비유로서 자유롭게 떠돈다. 대지는 그 더럽혀진 마음을 깨끗한 하늘과 짝지어 주려고 하는 꿈의 표현이다.

　구름은 모든 방랑과 탐구, 욕구와 향수의 영원한 상징이다. 구름이 땅과 하늘 사이에 망설이고 동경하며 싸우면서 걸려 있듯이 인간의 영혼 역시 시간과 영혼 사이에서 망설이고 동경하고 싸우면서 존재하는 것이다.

　보라! 하늘에 줄무늬를 그리고 있는 구름의 찬란한 경치를, 처음 보면 가장 어두운 곳이 깊은 곳이라고 잘못 알기 쉬우나 이 어둡고 부드러운 느낌이 드는 곳은 구름에 지나지 않고 우주의 진짜 깊이는 구름의 산맥 언저리나 가장자리에서 시작하여 점점 내면으로 성숙해 가고 있음을 알 수 있다.

　이렇듯 구름은 자연의 한 표현이며, 우리 인간은 자연의 그림자에 불과할 뿐이다.

삶

삶이란

빈 곳을 채워주는 순리이다

진정한 삶이란

강물의 모습과 같은 것이다.

그것은 끊임없이 변화한다.

잠시도 쉬지 않고 움직인다.

어떤 때, 그것은 여름처럼 강렬하다.

우리의 삶이란

인생을 즐기고 축하하기 위해서 있는 것이다.

삶은 시장의 상품과 같은 것이라기보다는

한 편의 시와 같은 것이다.

삶은 하나의 시

하나의 노래

하나의 춤이다.

　라즈니쉬

　꿈 속의 내 소년 시절의 봄날은 고풍스럽게 빛나고 하늘처럼 푸르게 떠 있고, 내 가슴에는 부드러운 향기가 일렁이는 듯했다. 이제 내 꿈은 혼돈으로 가득 찬 삶의 오솔길을 지나 막 해가 솟아오르는 곳을 향해 날개짓하며 날아갔다. 그러자 서서히 슬픔이 사라지면서 어릴 적에 내가 자주 오르던 산과 고향 집이 멀리 그림자처럼 희미하게 나타났다. 그러나 태양은 측백나무 숲 위로 떠올라 따가운 빛을 대지에 쏟아부었다. 나는 머리를 들고 높은 하늘의 푸른 정원을 보았다.

　그때 어디선가 맑은 목소리가 내 귀를 울렸다. 나는 그것이 즐거움을 알리는 인간의 오만한 음성이라는 것을 깨달았다. 그 목소리에는 마치 바다 속 깊은 곳에서 울려오는 맑고 반짝이는 아픔 같은 것이 깃들어 있었다.

삶은 아주 작은 것들로 이루어졌습니다

삶은
아주 작은 것들로 이루어졌습니다.
위대한 희생이나 의무가 아니라
미소와 위로의 말 한 마디가
우리의 삶을 아름다움으로 채웁니다.
간혹 가슴 속으로 아픔이 오고 가지만
그것은 다른 얼굴을 한 축복일뿐
시간의 책장을 넘기면
위대한 놀라움을 보여줄 것입니다.
| 메리 R, 하트먼 |

하늘은 그 어느 때보다도 다른 모습을 하고 있었다. 별들의 윤회와 순례는 친근한 친구와 같은 유대감을 내 삶에 심어 주었다. 나는 허허벌판의 거칠기만한 삶 속에서 하나의 금빛 자리를 발견한 것 같은 강렬한 힘을 느꼈다.

그것은 하나의 힘이었고 법칙이었다. 내 스스로 삶을 통해 받아들인 엄청난 경이로움으로 미래와 과거의 시간은 모두 보석처럼 빛나며 내 마음속에 하나의 빛으로 남아 있었다. 그리하여 이 세상의 온갖 사물과 놀라움과 구원으로 다시 태어나지 않으면 안 되었다.

이제 나는 새롭게 태어날 것이다.

마치 기적처럼 조용하고도 부지런히, 그리고 아주 비옥한 자연을 가진 재산의 소유자가 된 것이다. 하지만 가장 높은 가치에 대해서는 아직도 알지 못한다.

삶의 머무름

나의 집이 나에게 말합니다.
"나의 곁을 떠나지 마세요.
당신의 과거가 여기에 머물고 있으니까요."

길이 나에게 말합니다.
"어서 나를 따르세요.
내가 바로 당신의 미래니까요."

나는 집과 길
모두에게 대답해 주었습니다.
"나에게는 과거도 미래도 없다.
만약 내가 여기 머무른다면
이 머무름 속에 나의 나아감이 있고
또 내가 이 길로 나아간다면
그 나아감 속에 머무름이 있다.
오직 사랑과 죽음만이
모든 것을 바꿀 수 있을 뿐이다."

| 칼릴 지브란 |

타향에서 살고 있는 사람들의 마음속에는 두고 온 고향과 어린 시절의 집과 정원이 항상 자리잡고 있어서 삶이 고통스러우면 그만큼 자유스러운 시간을 보냈던 순간을 생각하게 된다. 그래서 장난질을 치던 어둑어둑한 방과 이끼에 젖어 있던 습기찬 돌계단을 떠올리기도 한다. 조금은 낯설면서도 진지한 표정을 짓는 늙으신 부모님의 모습이 눈 앞에 사랑과 근심, 약간의 꾸중하는 빛을 띠며 나타나기도 한다. 손을 뻗어 그 영상을 잡으려 하지만 헛된 일일 뿐이다.

이러한 자기만의 고독한 시간은 우리를 슬프게 한다. 지난날 젊은 시절, 자기와 가장 가까운 사람을 고통 속으로 몰아넣고, 사랑을 이유없이 거절하고, 호의를 한 번쯤 무시해 보지 않은 사람이 누가 있단 말인가. 자기를 위해 마련된 행복에 대한 반항과 오만으로 하여 잃어버리지 않은 사람이 그 누가 있단 말인가.

이들 모두가 이제 당신 앞에 나타나서 한마디의 말도 하지 않고 조용한 눈길로 바라보고만 있을 뿐이다.

세상살이

당신의 이름을 나무에 새겨 놓으십시오.
하늘까지 우뚝 치솟을 나무줄기에 새겨 놓으십시오.
나무는 대리석보다 한결 낫습니다.
그러면 새겨 놓은 당신의 이름도 자랄 것입니다.
장 콕토

　어느 날 오전, 나는 나 자신으로부터 탈출하는데 성공하였
다. 그것은 사회적인 의무와 책임 속에서 완전히 벗어날 수 있
는 순간이었다. 일상생활의 모든 잡다한 일과를 잠시 그대로
두어도 좋았다.

　왜 나는 이 지루하고도 피곤한 일상의 도구를 삶의 한 방편
으로 계속 활용해 나가야 할 의무를 가지고 있다는 말인가. 하
지만, 지금 나는 이 모든 불확실한 것으로부터 용감하게 탈출
했다. 이제 몇 시간 동안을 잡다한 생활에서 멀리 떨어져 있어
도 좋다.

　그저 빛나는 태양과 나, 무한히 밝고 진한 녹색빛으로 반짝
거리는 9월 아침의 보드라운 하늘, 그리고 불볕의 여름을 견
디어온 뽕나무와 포도넝쿨의 가을잎에 깃든 갈색만이 나를 기
다를 뿐이다.

무지개

하늘의 무지개를 바라보면
내 가슴은 벅차오른다.
나 어려서 그러하였고
어른이 된 지금도 그러하거늘
늙어서도 그러하리다.
아니면 이제라도 나의 목숨을 거두어 가소서.

어린이는 어른의 아버지
바라노니 내 생애의 하루하루를
천성의 경건한 마음으로 살아가게 하소서.
| E.워즈워드 |

보라! 하늘에 줄무늬를 그리고 있는 구름의 찬란한 경치를, 생명을, 사랑을. 구름을 처음으로 보면 가장 어두운 쪽이 깊은 곳이라고 잘못 알기 쉬우나 이 어둡고 부드러운 느낌이 드는 곳은 구름의 겉모습에 지나지 않고 우주의 진짜 깊이는 구름의 산맥 언저리나 가장자리에서 시작하여 점점 내면으로 성숙해 가고 있음을 알 수 있다. 이렇듯 구름은 자연의 한 표현이며, 우리 인간은 그저 그 자연의 그림자에 불과할 뿐이다.

청춘

청춘이란 인생의 한 시기가 아니라
어떤 마음가짐을 뜻합니다.
장밋빛 볼과 붉은 입술, 강인한 육체보다는
풍부한 상상력과 반짝이는 감수성과 의지력
그리고 인생의 깊은 샘에서 솟아나오는 참신함을 말합니다.

생활의 권태를 벗어나는 용기
안이함에의 집착을 초월하는 모험심
청춘이란 자신의 탁월한 정신력을 뜻합니다.
때로는 스무 살의 청년보다
예순 살의 노인이 더 청춘일 수 있습니다.
인간은 세월만으로 늙지 않고
이상을 잃어버릴 때 늙습니다.
세월의 얼굴에 주름을 만들지만
열정을 상실할 때 영혼은 주름지고
불필요한 근심과 불안은 정신까지 타락시킵니다.
| 사무엘 울만 |

생의 중반에 이르자, 나는 이따금 침잠하는 마음으로 내 어린 시절의 어딘지 쓸쓸한 모습과 지나온 시간의 빛깔이 여러 가지 영상으로 떠오르는 것을 추억하게 된다.

곱슬곱슬한 머리에 어렴풋한 동화 속의 창백한 아이처럼 늘 자유분방하던 열띤 표정의 내 모습, 이러한 추억은 언제나 그렇듯이 잠이 오지 않는 밤이면 어김없이 가슴을 파고든다.

처음엔 꽃향기와 함께 먼 푸른 들판의 아련한 소리처럼 시작되지만, 마침내는 슬프고 괴롭고 쓸쓸한 기분에 휩싸여 절망과 고통, 죽음의 냄새를 맡게 해주었다. 때로는 따뜻한 어머니의 손이 전해 주는 체온처럼 아스라이 피어오르는 추억에 대한 그리움에 기도하는 자세로 마음을 밝히면 눈 기슭에는 촉촉한 물기가 젖어든다.

이렇듯 내 어린 시절의 작은 이야기들이 마음 깊은 곳에 감동의 불을 지피다가 금빛 액자에 담겨진 한 장의 그림처럼 기억 속에 걸려 있는 것이다.

젊음과 방황

목표도 없이 방황하는 것은 청춘의 기쁨이다.
지금은 그 기쁨도 청춘과 함께 사라졌다.
그 후부터 목표와 의지를 느끼면
나는 그 자리에서 떠나버렸다.

목표만을 쫓는 눈은
방황의 참뜻을 맛볼 수 없다.
가는 길마다 기다리고 있는 숲이나
강이나 화려한 것들이 가리워져 있을 뿐이다.

이제는 나도 방황을 더 배워야겠다.
순간의 티 없는 반짝임이
동경의 별 앞에서 빛을 잃지 않도록

방황의 비결은 다른 사람들과
함께 어울릴 때나 휴식할 때도
사랑은 먼 길 위에 있다는 사실이다.
| 헤르만 헤세 |

　하루의 일을 시작한 사람은 길거리에서도 단 일분의 시간도 낭비하지 않고 주변의 유쾌한 것들을 얼마든지 보고 느낄 수 있다. 이때 눈에 보이는 모든 것은 결코 피로하지 않는 모습으로 우리를 강하게 하고 생기를 북돋워 준다. 이렇듯 모든 사물은 개성과 관조적인 면을 지니고 있고, 한편으로는 무관심하거나 추악한 면도 함께 가지고 있다. 그러므로 깊은 관심을 갖고 꾸준히 관찰해야 한다. 작은 들꽃 한 송이를 꺾어서 노동을 하는 일터 가까운 장소에 꽂아 놓는 사람은 더 한층 삶의 기쁨을 느낄 것이다.

　인간은 삶을 통해 자기의 모습을 외적인 위치에서 바라보고는 지금까지는 전혀 모르거나 혹은 있어도 깨닫지 못했던 특징을 발견하게 되는데, 이 때가 바로 자기의 존재를 잊기 쉬운 순간이다. 즉 자기 자신은 항상 변함 없고, 숙명적으로 건강하게 삶을 부여받은 영원히 변치 않는 존재라고 생각하기 쉽지만, 결국 그 환상이 깨졌을 때 몸을 움츠리고 놀라게 된다.

내 나이 스물하고 하나였을 때

내 나이 스물하고도 하나였을 때,
어떤 현명한 사람이 내게 말했습니다.
"돈은 주어도 네 마음만은 주지 말라."
하지만, 내 나이 스물하고도 하나였으므로
전혀 소용 없는 말이었습니다.

내 나이 스물하고 하나였을 때,
어떤 현명한 사람이 내게 말했습니다.
"마음 속의 사랑은
결코 쉽게 주어지는 게 아니란다.
그것은 숱한 한숨과 끝없는 슬픔의 댓가이지."

지금 내 나이는 스물하고 둘
아, 그건 정말 삶의 진리입니다.
| 알프레드 E. 하우스먼 |

　비로소 나는 시간이란 평균대 위에서 평일과 휴일로 나누어
지는 분수령을 맞게 되었다. 모든 사람들은 시간에 맞추어 노
동을 해야만 한다. 반복되는 하루하루는 그 나름대로의 무게
와 독특한 가치를 지니고 있으며, 시간이란 흐름은 그 순간순
간마다 각기 다른 의미로 분리되어 있어 측량할 수가 없다. 또
한 무한한 시간으로 충만해 있는 생활로 끊임없이 이어진다.
즉, 축제일, 일요일, 생일 같은 날은 더 이상 나에게 어떠한
감동도 주지 못한다.

　이런 날들이 어김없이 돌아오는 것은 시계의 숫자 만큼이나
정확해서 나는 시침이 그날에 이르기까지 얼마만큼의 시간을
필요로 하는지를 알게 되었다. 사실 그것은 내가 어른이 된 후
에 느끼게 된 고통이기도 했다.

아들에게 주는 시

아들아, 나는 너에게 말하고 싶다.
인생은 나에게 아름다운 수정으로 된
계단이 아니었다는 사실을.
그 곳에는 못도 떨어져 있었고 가시도 놓여 있다.
물론 계단 바닥에는 양탄자도 깔려 있지 않았단다.

그러나 나는 지금까지
멈추지 않고 끊임없이 계단을 올라왔단다.
계단 중턱에도 도달하고
모퉁이를 돌고 돌아
때로는 전기불도 없는 캄캄한 곳까지 올라야 했단다.

아들아, 너도 뒤돌아보지 말고 계단을 오르려무나.
주저 앉지도 말고 쉬지도 말고
오직 앞만 보고 올라가렴.
지금은 주저앉을 때가 아니다.
쓰러질 때가 아니다.
| 랭스턴 휴즈 |

　이 넓은 세상에 나보다도 구름에 대해 자세히, 나보다도 더 구름을 사랑하는 사람이 있다면 만나게 해 달라. 또 이 세상에서 구름보다도 더 아름다운 것이 있다면 보여 달라. 구름은 장난이고 눈의 위안이다. 축복이며 신의 선물이다. 노여움이며 죽음의 힘이다.

　구름은 행복한 성 모양도 되고, 축복하는 천사의 모습도 된다. 협박하는 손과도 비슷하며 펄럭이는 돛이나 하늘을 지나가는 눈부신 학과도 비슷하다. 구름은 신이 앉아 있는 하늘과 가없는 대지와의 사이에 그 어느 것에도 속하며 모든 인간의 동경의 대상으로서 떠돈다. 대지는 그 더렵혀진 마음을 깨끗한 하늘과 짝지어 주려고 한다. 구름은 모든 방랑과 탐구, 욕구와 향수의 영원한 상징이다. 구름이 땅과 하늘 사이에서 망설이고 동경하며 싸우면서 걸려 있듯이 인간의 영혼 역시 시간과 영원 사이에서 망설이고 동경하고 싸우면서 걸려 있는 것이다.

나는 이런 사람

나는 이런 사람으로
이렇게 태어났습니다.
웃고 싶으면 큰소리로 웃고
나를 사랑하는 사람을 더 사랑합니다.

내가 사랑하는 사람이
만날 때마다 다르다 해도
그게 내 탓만은 아닙니다.

나는 이런 사람으로
이렇게 태어났습니다.
하지만 난 더 이상 무엇을 바라겠습니까.
이런 내 삶의 모습에서 말입니다.

나는 하고 싶은 것을 하도록 태어났습니다.
이제 내 삶을 바꿀 것은 한 가지도 없습니다.
나는 이런 사람입니다.

| 자크 프레베르 |

내 마음속에는 하나의 고요한 장소, 따뜻한 피난처가 있다. 나는 언제나 그 속에 들어가 자기 자신과 대화를 나눌 수가 있다. 그러나 그런 것이 가능한 인간은 참으로 적다. 조금만 관심을 기울이면 누구나 할 수 있는 데도 말이다.

대다수의 인간은 바람에 흩날려 솟구쳐 올랐다가 비틀거리며 땅으로 떨어지는 나뭇잎과 같다. 그러나 어둠 속에서 찬연히 빛나는 별 같은 인간도 있다. 그들은 이미 정해져 있는 확고한 삶의 궤도를 걸으며, 어떠한 강풍도 그들에게는 영향을 미치지 못한다. 왜냐하면 그들 자신이 확고한 삶의 법칙과 궤도를 가지고 있기 때문이다.

혼자

세상에는
크고 작은 길이 너무나 많다,
그러나
도착지는 모두 다 같다.

말을 타고 갈 수도 있고, 차로 갈 수도 있고
둘이서 아니면, 셋이서 갈 수도 있다.
그러나 마지막 한 걸음은
혼자서 가야 한다.

그러므로 아무리 어려운 일이라도
혼자서 하는 것보다
더 나은 지혜나
능력은 없다.
헤르만 헤세

　내 삶은 하수도에 쏟아지는 더러운 오수처럼 쓸모가 없는 시간의 낭비였다. 그것은 구제 받을 수 없을 정도로 깨져 버린 것이었고, 신앙심마저 팔아먹은 듯한, 달콤한 것들은 모두 부패해 있고, 고상한 것들은 빛을 잃은 참혹한 삶이었다.

　내 삶의 순수한 빛은 차츰 어두워져갔고 아름다움에 대한 모든 예감은 가을날의 빛바랜 낙엽처럼 허공을 헤매이고 있었으며, 그저 먼 길을 도보로 한 걸음씩 걸을 수밖에 없는 고달픈 삶이었다. 그리워할 것도, 기다릴 것도 나에게는 없었다. 심지어는 미워할 대상조차도 없었다. 성스러운 것, 훼손되지 않은 모든 것들이 아직 남아 있었으나 그것들은 이미 빛과 소리를 잃고 있는 잔해와 같았다.

길이 보이면 걷는다

길 끝에는 도착지가 있고
무엇과도 만나지 않으면 안 된다.
하지만 우리 모두는 자신이 꿈꾸는
최선의 길에 도착할 수가 없다.
그래도 우리는 가야 한다.
내가 목적한 길이기 때문에
바르게 걸어야 한다.
잘못 가고 있는 그 길에도
기쁨과 슬픔이 있기 때문이다.
나를 꿈꾸게 하는 또다른 들판은 있기 마련이다.
패랭이꽃 한 무더기쯤
가는 길 어디에 있어도
파랑새도 길 위라면
어디든지 있기 마련이다.
[칼릴 지브란]

　인생에 있어서 영혼의 모습을 의식할 수 있는 시간, 즉 감각과 정신이 뒤로 물러서도 우리의 영혼이 적나라하게 회상과 양심의 거울 앞에 마주 서게 되는 시간은 매우 적다.

　이러한 현상은 대개 커다란 고통을 체험하고 난 후에 일어난다. 어머니의 병상에서, 가까운 사람의 임종 곁에서, 혹은 길고 먼 고독한 여행을 한 다음에 다시 집으로 돌아왔을 때 잠시 동안 그런 일이 일어날지도 모르지만, 그것은 언제나 좌절과 방해, 혼돈 속에서 진행된다. 바로 여기에서 뜬눈으로 지새운 숱한 밤들의 가치가 나타난다.

　이렇듯 육체는 잠들고 영혼만의 시간인 밤이 찾아오고 불안 속에서 잠 못 이룰 때면 현실의 사슬을 벗어버리고 벅찬 생명의 환의로 넘치는 영혼의 충만감에 또다시 놀라게 될 것이다.

그때 꼭 한번 보인 그것은

빛을 등진 채 우물가 그늘에 앉아 있는
내 모습을 사람들은 조롱의 눈빛으로 바라본다.
눈에 보이는 여름 하늘의 신처럼
고사리 다발 모양의 구름 밖
거울 같은 수면에 비치는
내 자신의 초라한 모습이 바람처럼 흔들린다.
언제인가 우물가에 턱을 고이고 앉아 있는
내 모습 너머로 분명하진 않기만
뭔가 하얀 빛과 같은
깊숙이 잠긴 것이 보이는 듯했다.
그런데 곧 그 모습을 놓치고 말았다.
물은 너무나 맑음을 스스로 꾸짖는 듯했다.
고사리 같은 구름에서 물 한 방울 떨어져 수면에 번지며
그 모습을 지워버린 것이었다.
그 하얀 빛과 같은 것은 무엇이었을까?
그냥 수정 조각이었을까?
그때 꼭 한번 보인 그것은

| 프로스트 |

45

　태양의 부름을 받아 대지에서 스며 나오는 새로운 기쁨이 지상을 적시고 있다. 그러한 설레이는 분위기에서 넘쳐 흐르는 벅찬 공기가 생겨난다. 이미 대자연에 생기가 돌면서 불분명하게 규율이 정해져 가지만, 혼돈 상태에서는 벗어나지 못하고 있는 미지의 세계다. 계절, 호수의 민감한 움직임, 썰물과 밀물, 수증기, 날씨의 순조로운 변화, 바람의 주기적인 이동 등등. 자연 속에서 움직이는 모든 사물에 조화의 리듬이 진행된다. 이 세상에서 생명의 기쁨을 만들어 낼 만반의 준비를 갖추고 있다. 그 기쁨의 표현은 신비로울 정도로 생명의 의지에 따라 연초록빛 나무잎 속에서 맥박치고 수액이라는 달콤함으로, 혹은 분리되어 꽃의 향기로 대지를 감싸며, 과실의 감미로운 맛을 이루고, 새의 마음이 되고, 태양 광선을 받아 증발되어 또다시 소낙비라는 형태로 닮아가는 자연의 법칙이다. 이렇듯 자연은 변함없이 순례하는 나그네와 같다.

더 이상 헤매이지 말자

이제는 더 이상 헤매이지 말자
이토록 늦은 한밤중에
사랑은 가슴 속에 깃들고
지금도 달빛은 환하지만.

칼을 쓰면 칼집이 해어지고
정신을 쓰면 가슴이 헐고
심장도 숨을 쉬려면 쉬어야 하고
사랑도 때로는 쉬어야 한다.

밤은 사랑을 위해 있고
낮은 너무 빨리 돌아오지만
이제는 더 이상 헤매이지 말자.
아련히 흐르는 달빛 사이를……
바이런

지상의 현상은 하나의 비유에 불과할 뿐이다. 모든 비유는 영혼을 간직할 준비가 되어 있다면, 그곳을 통해 내부 세계로 들어갈 수 있는 열려진 문과 같다. 그 내부로 들어가면 당신과 내가 낮과 밤이 하나가 된다. 인간은 누구나 여기저기 열려져 있는 문에 이른다.

눈으로 볼 수 있는 모든 현상은 하나의 비유이고, 이 비유 속에 정신과 영원한 생명이 있다는 생각을 갖게 한다. 물론 이 문을 통해서 비밀한 것을 현실로 느끼면서, 아름다운 꿈을 버린 채 뒤돌아보지 않는 사람은 매우 적다.

감미롭고 조용한 사념 속에

감미롭고 조용한 사념 속에

지난 일들을 돌이켜 볼 때

잃어버린 많은 것들을 한탄하며

귀중한 시간의 손실을 슬퍼한다.

그러면 메말랐던 나의 눈은 또다시 젖는다.

죽음의 기한 없는 밤으로 가려진 귀한 벗들을 위해

또한 오래 전에 잊혀진 사랑의 슬픔으로 울게 되고

기억 속에 살아있는 모습들로 가슴 앓는다.

그러면 옛 슬픔이 다시 되살아나서

아파했던 슬픈 사연을

무거운 마음으로 하나하나 따져 본다.

마치 처음으로 그러는 듯

그러나 벗이여, 그대를 생각하면

모든 손실은 없어지고 슬픔도 사라진다.

세익스피어

이성적인 사람에게 있어서 대지는 인간에게 마음대로 향유하라고 주어진 자연의 은총이다. 하지만 인간이 가장 두려워하는 것은 죽음, 즉 자신의 삶과 생명의 무상함에 대한 깊은 불안감이다.

그러므로 대다수의 사람들은 죽음에 대해 생각하기를 회피하며 그와 같은 불안감에서 벗어나기 위해 보다 현실적인 생활로 자신을 서슴없이 도피시킨다. 그리고는 죽음에 저항하듯 몇 배의 노력을 기울여 재산이나 명예, 법칙이나 합리적 세계의 지배를 추구하는 데만 열을 올린다. 이러한 인간의 편협한 믿음은 바로 진보에 대한 확신이며, 진보의 영원한 사슬에 묶여 완전한 소멸로부터 보호 받고 있다고 믿는다.

이미 삶을 향해 내디디는 발걸음과 인간이라면 누구나 겪어야 하는 죽음을 우리는 더 이상 후회해서는 안 된다.

작은 돌

작은 돌은 얼마나 행복한가.
길에서 혼자 뒹굴고
직업에도 관심 없고
위험도 두렵지 않고
처음부터 이루어진 갈색옷에는
순간의 우주가 어려 있다.
태양처럼 의지함이 없이
홀로 사귀고 홀로 빛나며
뜻없이 소박하니
절대적 섭리를 완수한다.
| 디킨슨 |

　세상의 잡다한 일까지 모두 잊게 하는 짧은 안식이 있는 동
안 신으로부터 허락을 받은 삶의 모든 시간들, 그것은 고독한
방랑이었으며 바람과 같은 순간들이었다. 보잘 것 없는 작은
행복, 혹은 욕망 없는 사랑이 어제도 오늘도 나에게 휴식을 베
풀어 주었다. 또한 그것은 내 삶에 있어 하나의 위안이었고 기
쁨이기도 했다.

　이는 내 어린 날의 푸른 초상을 통해 꿈꾸며 방황하던 열정
의 모습을 서로 비교해 보는 것보다 더 아름다운 이야기였음
을 나는 미처 알지 못했다. 이는 적당히 휴식을 취하고 최고의
즐거움으로 내 삶을 오랫동안 사랑해 온 것이라고 말할 수 있
으리라.

　낯선 마을을 방랑하듯 떠돌아다니며, 갖가지 풍문을 전설처
럼 들으며, 때로는 푸른 그림자 아래 한가롭게 누워서 나무와
구름과 아이들과 함께 별에 대해 이야기를 나누던 낭만이 있
었다.

참나무처럼

인생을 살되
젊거나 늙거나
저 참나무같이
봄엔 찬란히 황금빛으로

여름엔 무성하지만
가을이 찾아오면
가을답게 변하여
은근한 빛을 가진
황금빛으로 다시

마침내 나뭇잎이
다 떨어진 그때
보라, 우뚝 선
줄기와 가지
적나라한 그 힘.
| A· 테니슨 |

　영혼이 인간적인 것이냐, 아니면 동식물적인 것이냐고 그 원인을 따지는 것을 쓸 데 없는 일이다. 영혼이란 어디에서나 존재할 수 있고 요구될 수 있고 예감될 수도 있다. 그러므로 목석이 아닌 동물을 운동체로 보고 인간에게서는 영혼을 찾고 있다. 또한 우리는 분명하게 존재하고 있으므로 하여 괴로워하고 생동하는 영혼의 모습을 보고자 노력하는 것이다. 그리고 인간만이 유일하게 문명의 길을 걸어왔듯이, 영혼을 더 높은 곳으로 끌어올리기 위해 종교를 믿게 되었다.

　이렇듯 모든 인간의 내부는 영혼이 자리잡고 있는 장소라 할 수 있다. 우리가 거대한 산과 암벽에서 중압감을 느끼고 동물에게서는 살기 다툼의 본능적인 자유로운 힘을 확인하면서 사랑을 느끼는 것처럼, 이 모든 것을 함께 지니고 있는 우리가 '영혼'이라고 하는 생명의 형식과 발현 가능성을 보게 되는데, 이것이 바로 인간의 빛 중에서 가장 큰 생명의 빛이며, 또한 선택된 빛, 가장 발전된 빛을 궁극적인 목표로 삼는 이유다.

오늘

또다른 희망찬 새 날이 밝아온다.
그대는 지금 이 날을
헛되이 흘려보내려 하는가?

우리는 시간을 느끼지만
누구도 그 실체를 본 사람은 없다.
시간은 우리가 한눈을 파는 동안
순식간에 도망쳐 버린다.

오늘 또다른 새날이 밝아왔다.
설마 그대는 이 날을
헛되이 흘려보내려 하는 것은 아니겠지?

| 칼라일 |

　인간은 자신의 내면으로부터 명예욕을 추구한다. 그러면서 선(善)을 향해서 열정적으로 질주한다. 그것은 전통적으로 그리스 정신 문명인 휴머니즘을 배우는 것, 즉 의복은 항상 깨끗하고 단정하게 입어야 하며 부모에게 순종하고 모든 고통과 굴욕을 의지와 침묵으로써, 그리고 영웅적으로 감내할 수 있는 능력을 배워야 한다는 것이 인간의 본분이라고 강조한다.

　그렇다, 사람은 언제나 희열과 경건한 마음으로 자신을 신에게 바치며, 이상적이고 순수한 헌신의 길을 좇아서 보다 높은 곳을 향하여 덕을 행하고, 악을 인내로서 견디어 내며 남을 돕기 위해 일해야 한다. 그리하여 언제나 반복되는 출발과 새로운 시도, 비상을 필요로 한다.

오늘 만큼은

오늘 만큼은 아름답고 풍요롭게 살자.
남에게 상냥한 미소를 보내고
예의바르게 행동하며,
아낌없이 남을 칭찬하는데 열중하자.

인생의 모든 문제는
한 번에 해결되지 않는다.
하루가 인생의 시작인 것 같은 각오로
준비하고 그 계획을 지키려 노력해 보자.

조급함과 망설임이라는
두 단어를 추방하도록 노력하고
나의 인생에 대해
올바른 판단을 할 수 있도록 노력해보자.
시빌 F. 패트리지

먼 삶의 여정에서 돌아와 휴식을 취하자 상처 받은 영혼이 새로운 희망의 빛으로 조금씩 치료되고 있었다. 불분명한 어떤 강렬한 힘이 친절히 인사를 하는 밤이면, 나는 모든 것을 깨달을 수 있었다. 그것은 바로 내 삶의 소용돌이였다.

그러자 하늘은 그 어느 때보다도 다른 모습으로 빛났고 별들의 윤희와 순례는 이미 운명적으로 친구와 같은 유대감을 내 삶에 심어주었다. 이때 나는 황량한 벌판의 거칠기만한 삶 속에서 찬란한 금빛 자리를 발견한 것이다.

그것은 하나의 힘이었고 법칙이었다. 내가 받아들인 엄청난 경이로움으로 미래와 과거의 시간이 모두 보석처럼 빛났다. 또한 그것은 이 세상의 온갖 사물과 놀라움과 구원으로 다시 태어나지 않으면 안 되는 순간이었다.

이제 나는 새롭게 태어날 것이다. 마치 기적처럼 조용하면서 부지런히, 그리고 많은 재산의 소유자가 될 것이다. 하지만 가장 높은 가치에 대해서는 아직도 분명히 알지 못한다.

힘과 용기

인생에서 강해지기 위해서는 힘이
삶에서 부드러워지기 위해서는 용기가 필요하다.

자신의 인생을 방어하기 위해서는 힘이
삶의 방어 자세를 버리기 위해서는 용기가
인생에 대한 확신을 갖기 위해서는 힘이
삶에 의문을 갖기 위해서는 용기가 필요하다.

타인의 인생과 조화를 이루기 위해서는 힘이
타인의 삶에 따르지 않기 위해서는 용기가
다른 사람의 고통을 느끼기 위해서는 힘이
자신의 고통과 마주하기 위해서는 용기가 필요하다.

데이비드 그리피스

지금 태양은 성당의 첨탑 위에서 노을의 모습으로 빛나고 있고, 가파른 언덕 너머로 황혼이 붉은 그림자로 지고 있다.

내가 인사를 하듯 손을 내밀자 마음이 고요히 물결쳤다. 나는 한 조각 외로움 같은 아쉬움을 그곳에 묻어둔 채 발걸음을 옮겼다. 내 마음에 가득 찬 열정과 끝없는 충동으로 꿈꾸며 방황하고 싶은 젊은 날의 꿈이여! 환상이여!

잃고 얻는 것

잃는 것과 얻는 것
놓친 것과 이룬 것을
서로 저울질해 보니
남은 것과 자랑할 것이 별로 없다.

많은 날들을 헛되이 보내고
화살처럼 날려보낸 희망에
못 미치거나 빗나갔음을 깨닫는다.

하지만 누가
이처럼 손실과 이익을 따지겠는가.
실패가 알고 보면 승리일지 모르고
달도 기울면 다시 차 오르지 않는가.
　롱펠로우

삶을 살아가면서 소유와 권력, 명예를 얻기 위해 쏟아붓는 헛된 노력은 우리의 힘을 앗아가고 불행을 초래하지만, 작은 헌신이나 사랑의 희생은 때때로 우리 모두를 풍요롭게 해 주며, 시간과 공간을 초월하여 삶의 아름다움과 미래의 꿈을 밝혀 주는 고귀하고도 소박한 비밀이라고 할 수 있다. 일찍이 인도인들이 이를 깨닫고 널리 가르쳤으며, 지혜로운 그리스인들이 그것을 따랐으며, 가난한 예수가 죽음을 선택하면서까지 그것을 베풀었다.

그 후에도 수많은 현자들이 같은 길을 걸었고, 그들의 가르침 역시 변함이 없었다. 그것은 의미를 깨닫고 터득한 예술가의 작품이 오랫동안 사랑을 받는 반면에 명예나 권력만을 따랐던 사람들과 부자들의 영화는 그 시대에 물거품처럼 사라지고 말았다.

별 하나

나는 당신의 커다란 별이 좋았습니다.
당신의 이름을 몰라 나직이 부를 수 없었지만
달 밝은 밤,
온 하늘에 깔린 달빛 속에서도
당신은 찬란히 빛났습니다.
오늘밤 휘몰아치는 비바람 속에서
온 하늘을 찾아보아도
바늘만한 흐린 빛조차 찾을 수 없어
머리 숙여 돌아오는 길.
버드나무 꼭대기에 걸린
빛나는 당신을 보았습니다.

| 휴스 |

　언제인가, 나는 말없이 창백한 얼굴로 영원한 잠을 자기 위해 홀로 눕는 고독한 시간을 맞게 될 것입니다. 무의미한 의식이 치루어진 다음 나무관 속에 갇힌 채 축축한 땅 속에서 깊은 잠을 자게 될 것입니다. 그러면 나와 가까이 지냈던 사람들과 친지들은 의례적이며 형식적인 애도의 슬픔을 표시하고 일상적인 대화로 나를 추억하게 될 것입니다. 그리고 검은 예복을 걸친 목사님이 내 무덤 앞에 서서 엄숙한 얼굴로 신의 섭리에 따라 존재하는 불쌍한 인간의 한계와 영생에 대해 말할 것입니다.

별을 쳐다보며

나무가 항상 하늘로 향하듯이
발은 땅을 딛고
우리
별을 쳐다보며 걸어갑시다

친구보다
좀 더 높은 자리에 있어 본댓자
명예가 남보다 뛰어나 있어 본댓자
또 미운 놈을 혼내주어 본다는 일
그까짓 것이 다 무엇입니까

술 한 잔만도 못한
대수롭잖은 일들입니다
발은 땅을 딛고
우리 별을 쳐다보며 걸어갑시다.
| 노천명 |

65

　오! 화려한 빛깔의 베일 같은 밤이여! 충만된 밤의 정적 속에 묻혀 하루하루 삶의 남루한 옷을 벗어 던지고 열병을 앓고 있는 어린아이가 신음하듯 반복되는 질문과 힐난을 나 자신에게 퍼부었습니다.

　나 스스로를 기만하고 삶의 법칙을 무시한 채 번민하는 고통의 밤이여! 우리는 자기자신을 스스로 배반하면서 삶의 쇠사슬에 얽매어 불면의 밤을 보내고 있습니다. 단 하루만이라도 일상 속에서 벗어나 자신과 이웃을 배반하는 고통에서 해방되어 빛나는 어린아이의 천진스런 눈망울로 영혼을 들여다볼 수 있는 순수한 인간이 존재할 수 있다고 믿으십니까?

거리에 비가 내리듯

거리에 비가 내리듯
내 마음에 눈물이 내린다.

가슴 속에 스며드는
이 설레임은 무엇일까?
대지에도 지붕에도 내리는
빗소리의 부드러움이여!
답답한 마음에
오, 비 내리는 노래소리여!

울적한 이 마음에
까닭도 없이 눈물이 내린다.
웬일인가! 원한도 없는데,
이 슬픔은 까닭이 없다.

이건 진정 까닭 모르는
가장 괴로운 고통
사랑도 없고, 증오도 없는데
내 마음 한없이 괴로와라!

베를레느

고독이란 자신에게로 돌아가는 내면의 통로이다. 고독 속에서 우리는 자신의 모습을 발견하고 미래를 예감하는 순간을 갖는다. 그러므로 우리는 고독 속에서 삶의 압력으로부터 해방되어 현재의 나를 생각해 볼 수 있다.

고독에 대한 습관이 없다면 우리는 존재의 감각과 성실의 관념을 잃어버리게 된다. 고독이 없으면 우리는 늘 간접적으로만 보고 듣고 행동하게 된다. 그리하여 군중적 인간이 되고, 시장 한복판의 떠돌이 경쟁자가 되고, 타인이 가치에 대한 불평자가 될 뿐이다. 인간이 너무나 조직적으로 행동하게 되면 사회는 우리를 폐쇄하고 황폐하게 만든다.

가을날

주여, 때가 되었습니다.
지난 여름은 아주 위대했습니다.
당신의 그림자를 해시계 위에 놓으시고
벌판에 바람을 놓아주소서.

마지막 과일을 잘 익도록 명하시고
그것들에게 따뜻한 이름을 주시옵소서.
그것들을 완성으로 이끌어가시어
강한 포도주에 마지막 달콤함을 넣어주시옵소서.

지금 집 없는 자는 어떤 집도 짓지 않습니다.
지금 고독한 자는 오랫동안 외로움 속에 머무를 것입니다.
잠 못 이루며 독서하고 긴 편지를 쓸 것입니다.
그리고 잎이 지면 가로수 길을
불안스럽게 이곳저곳 헤매일 것입니다.
│ 릴케 │

69

　회색으로 낮게 드리운 하늘은 이따금 훈훈한 빗방울로 변하여 내리고, 물 속에서 자란 수초들의 흙탕 머금은 비릿한 내음, 얼크러진 줄기의 여린 흔들림, 솟아오르는 푸른 샘도 깊은 물 때문에 자취를 볼 수 없다. 아무 소리도 들리지 않는다. 이 황량한 평원 속에서, 너무나 자연스런 호수의 모습 때문에 물결이 파피루스 나무들 사이로 마치 피어오른 꽃처럼 넘실거린다. 아직 불타고 있는 것도 머지않아 사라져 갈 것이다. 그러면 나는 꽃이 되어 다시 태어날 것이다.

가지 않는 길

갈색 숲 속에 두 갈래로 갈라져 있었습니다.
안타깝게도 나는 두 길을 갈 수 없는
한 사람의 나그네로 오랫동안 서서
한쪽 길이 덤불 속으로 꺾여 내려간 데까지
바라다 볼 수 있는 데까지 멀리 보았습니다.

그리고 똑같이 아름다운 다른 길을 택했습니다.
그럴 만한 이유가 있었습니다.
거기에는 풀이 더 우거지고
사람이 걸어간 자취가 적었습니다.
하지만, 그 길을 걸어감으로 해서
그 길도 거의 같아질 것입니다만,

그날 아침 두 길에는 낙엽을 밟은 자취가 적어
아무에게도 더럽혀지지 않은 채 묻혀 있었습니다.
아. 나는 뒷날을 위해 한 길을 남겨두었습니다.
길은 다른 길에 이어져 끝이 없었으므로

| 프로스트 |

　땅을 밟고 서서 고독의 얼굴을 본 일이 있는가? 누가 이 세상을 금단의 땅이라고 말할 수 있는가? 마치 높은 절벽에서 그 아래를 내려다보듯 내 시선은 어지러웠고 끝간 곳을 알 수 없었다.

　마침내 나는 금단의 땅을 방황한 끝에 지쳐 쓰러졌다. 그러나 내가 걸어가야 할 길은 아직도 멀고 무한히 뻗어 있었다. 조용한 밤이 찾아와 나를 위로하고 위안을 주면서 서글프게 잠들어 버렸다. 어둠, 위안이 없는 암흑, 그것은 생활의 무서운 순항을 뜻한다.

신곡

인생의 나그네길 반 고비에
바른길에서 벗어났던 내가
눈을 떴을 때에는 컴컴한 숲 속에 있었다.
그 가혹하고 황량하며 준엄한 숲이
어떤 것이었는지 입에 담기조차 역겹고
생각하기만 해도 몸서리쳐 진다.
그 괴로움이란 정말 죽을 정도였다.
그러나 거기서 얻게 된 행운을 말하기 위해서
목격한 서너 가지 일을 우선 말해야 하리라.
어떤 경로로 그 곳에 이르게 되었는지는
멋지게 말할 수가 없다.
그 무렵 나는 제 정신이 아니었고
그래서 바른길을 버렸던 것이다.
숲 속에서 내 마음은 두려움에 떨고 있었으나
그 골짜기가 다한 곳에서
나는 언덕 산자락에 이르렀다.
눈을 들어보니 언덕의 능선이
이미 새벽빛에 환히 틔여져 있는 것이 보였는데
그것은 온갖 길을 통하여 만인을 올바르게 이끄는
태양의 빛이었다.

│ 단테 │

73

우리는 덧없는 생명이고 생성되어 가는 존재이다. 우리는 일종의 가능성일 뿐이며, 결코 완전한 존재가 아니다. 그러나 활동 능력과 현실에의 가능성에 의해 우리는 완성되어 가는 존재에 이르고, 조금이라도 완전하고 신성한 모습에 가까워지려는 의도일 뿐이다. 이것이 바로 자아 실현인 것이다.

순례자

인생의 봄에
이미 나는 방랑의 길에 올랐다.
청춘의 아름다운 꿈은
아버지의 집에 남겨둔 채로.

길은 열려 있다, 방황하라.
언제나 향상을 추구하라는
거대한 희망이 나를 휘몰고
어두운 믿음의 말을 들은 까닭에.

황금빛 대문에 이를 때까지
그 문 안으로 들어가라고
그곳에서는 현세적인 것들이
거룩하고 무상하지 않으리라는 믿음을 갖고

유산과 소유의 모든 것을
즐겁게 믿으며 버렸다.
가벼운 순례자의 지팡이를 들고
어린이의 생각으로 길을 떠났다.

| 쉴러 |

산을 어떤 사람은 빛이라고 부르고, 어떤 이는 밤. 어떤 이는 아버지, 어떤 이는 어머니라고 부른다. 또 어떤 이는 신을 안락함이라고 칭송하고, 어떤 이는 운동, 또는 불, 차가움, 심판자, 위안자, 창조자, 파괴자, 용서하는 자, 복수하는 자로서 칭송했다.

신은 자신의 존재를 스스로 밝히지 않으나 피조물인 인간에 의해서 밝혀지고, 사랑 받고, 칭송되고, 저주되고, 미움 받고, 기도되기를 바란다. 왜냐 하면 인간이 있는 곳이 신이 사는 신전이고, 신의 생명이기 때문이다.

그대가 늙는다면

그대 늙어 머리가 희어지고
잠이 많아져서 난로 옆에 앉아 졸음에 빠지게 되면
이 책을 꺼내서 천천히 읽어보기 바란다.
그리고 한때 그대의 눈이 지녔던
부드러운 눈길과 깊은 그늘을 꿈꾸어라.

그대의 기쁨에 찬 빛나는 순간들을
얼마나 사랑했으며 한때는 잘못된 혹은 진실한 사랑으로
그대의 아름다움을 사랑했는지를.
그러나 어떤 이는 그대의 부분별한 방랑벽을 사랑했고
그대 변한 얼굴의 슬픔까지 사랑했음을.

그리고 붉게 타는 난롯가의 방책 옆에서
몸을 굽히고 조금은 슬프게 중얼거려 볼 일이다.
홀로 높은 산 오르기 얼마나 좋아하고
그의 얼굴을 별무리 속에 감췄다고 말이다.

| 예이츠 |

77

　우리는 생을 통하여 가장 많은 호기심을 가지고 있는 것은 죽음에 대한 해답이다. 죽음은 생존의 마지막이며 가장 위대한 체험 속에서 우리가 기꺼이 생명의 마지막 순간을 던지는 것 같은 찰나적인 인생의 가장 크나큰 의미이다. 그러므로 죽음의 고통 역시 하나의 인생 과정으로서 출생의 고통 못지 않다고 할 수 있다. 때때로 우리는 이 두가지를 혼동하며 미지의 삶을 영위하고 있다.

섣달 그믐날에 쓴 시

병든 말 같은 세월에 꿈을 맡겨서는 안 된다
세월에 너무 무거운 짐을 지게 하면
결국 녹초가 되어 버린다

계획이 화려하게 꽃필 때일수록
일은 곤란한 일에 몰린다
그때 인간은 노력하려고 결심한다
그리고 드디어 진퇴유곡에 빠진다

수치심 때문에 발버둥쳐도 도움이 되지 않는다
결국 이것저것 손을 대어도
전연 도움은 되지 않고 손해만 볼뿐

세월에 맡긴 그런 꿈을 버릴 것
마음가짐을 새로이 할 것
| 에리히 케스트너 |

사 랑

사랑에 지름길 따위는 없다.
사랑은 양도될 수 없다.
사랑은 훔칠 수 없다.
사랑은 빌릴 수 없다.
사랑은 돈이나 보석으로 살 수 없다.
사랑은 빼앗을 수 없다.
당신이 사랑을
소유하려고 하지 않는 한
당신은 사랑을 가질 수 있다.

  내 남루한 삶의 시간과 나 자신에 대해 절망한다 할지라도,
나는 나의 위치를 지키다가 외톨이가 되고 우스꽝스럽게 된다
고 할지라도 인생과 그 의미가 가능성에 대한 경외심을 결코
버리지 않으리라.

  양심의 가책이라는 상태는 종교적으로나 심리학적으로 볼
때, 언제나 인간의 마음을 불안하게 한다. 양심의 재판소, 즉
순수한 생활 본능이 양심과 대립된다는 것은 일종의 행복이
다.

  종교와 신화라는 것은 시와 같은 것으로 인간들이 헛되게
합리적인 것으로 옮기려 하는 어떤 이미지(image) 속에 표현
하고자 하는 시도라 하겠다.

그대는 한 송이 꽃처럼

그대는 한 송이 꽃처럼
귀엽고 맑고 아름다워라.
내 그대를 바라보고 있노라면
슬픔은 저절로 가슴 속에 스미고

그대의 머리 위에 내 손을 얹어
빌고 싶은 마음이 간절하여라.
하나님이 그대를 도와주기를
맑고 귀엽고 아름다운 그대를.
| 하이네 |

벗이여, 주위 사람들이 그대에게 추천하는 맹목적인 인생을 받아들이지 말라. 그러나 인생이 보다 아름답게 될 수 있다는 믿음을 버리지 말라. 그대의 인생도 타인의 인생도 행복을 방해하는 어떠한 행위도 하지 말라. 현세에서 미리 내세를 말하는 것이 아니다. 현재의 삶의 괴로움에서 견디어내도록 우리를 위로해 주고 도와 줄 그러한 구미에 맞는 내세는 없다. 그러한 미래를 꿈꾸지 말라. 인생에 있어서 고통의 모든 책임은 신에게 있는 것이 아니라 인간 자신에게 있는 것을 알게 된 그날부터, 그대는 고통의 편에 서지 않을 것이다.

산비둘기

두 마리의 산비둘기가
상냥한 마음으로
서로 사랑하였습니다.

그 나머지는
차마 말씀드릴 수 없습니다.
　콕또

　나는 이 세상에서 가장 따뜻한 눈길로 당신을 바라보았고, 가장 빛나는 진실의 손으로 당신의 체온을 느꼈습니다. 어느 날인가, 당신의 가벼운 발걸음이 봄날의 미풍처럼 은은한 향기를 던지며 내 곁을 스치고 지나갔던 그때의 모든 일들은 이 지상에서의 가장 아름다운 삶의 은총이 아니고 무엇이겠습니까? 그것은 내 이마에 닿는 축복의 손길이었고 푸른 눈동자 속에서 밝게 반짝이는 한 줄기 빛이었으며, 아름다운 미래의 세계를 열어주는 빛나는 문이었습니다.

　그곳엔 아직도 당신이 어렸을 때 뛰어놀던 집이며, 뜰이 있음을, 그곳에 청춘의 모든 성스러운 추억이 머물러 있음을, 그곳에 당신의 어머니가 잠들어 있음을……

사랑의 철학

샘물이 모여서 강물이 되고
강물이 합쳐서 바다가 된다.
하늘의 바람은 영원히
달콤한 감정과 하나가 된다.

세상에 외톨이는 없다.
만물은 하늘의 법칙에 따라
서로서로 다른 것과 어울리는데
어찌 나는 그대와 하나가 되지 못하나.

보라! 산은 높은 하늘과 입맞춤하고
물결은 물결 끼리 서고 껴안는다.
햇빛은 대지를 껴안고
달빛은 바다에 입맞춤한다.
이런 모든 입맞춤이 무슨 소용 있으랴.
그대가 내가 입맞춤해 주지 않는다면!
P.B 셸리

87

사랑하는 이여! 과거의 추억을 기억하려고 더 이상 애쓸 필요가 없다. 미래 속에서 과거를 다시 찾으려고 헛된 노력을 하지 말라. 순간마다 찾아오는 새로운 삶의 모습을 보아야 한다. 그리고 그대의 사랑을 미리 준비하지 말라. 차라리 준비되어 있는 곳에서 또다른 사랑이 그대 앞에 나타나게 되리라는 것을 예감하라.

사랑은

사랑은 늙은 노인만큼이나
단순하고 순진한 것.
어느 봄 날 오래된 참나무 그늘 아래
함께 앉아 있는 것과 같습니다.
사랑은 일곱 개의 강 너머에 머무르는 시인을 찾아
아무 바라는 것 없이 그 앞에 서는 모습과 같습니다.
사랑은, 당신을
절벽 끝으로 이끌어도 따라가는 것과 같습니다.
사랑에게 있는 날개가 당신에게는 없을지라도
사랑이 없는 삶은 무의미하므로 그를 따라야 합니다.
함정에 빠져 조롱당할지라도
더 높은 곳에서 이를 내려다보며 미소 짓고
머지 않아 봄이
당신의 사랑의 싹을 키우고 춤추기 위해 찾아올 것임을,
멀지 않아 눈부신 가을이
당신의 사랑을 익히기 위해 찾아올 것임을,
잊지 않아야 합니다.
| 카릴 지브란 |

　첫사랑을 잃은 사람에 대해 무슨 말을 할 수 있겠는가? 너무도 예리하여 바늘에 찔린 것보다 더한, 작은 상처 자국 하나 남지 않는다 하더라도 그 아픔의 충격은 이 세상이라도 버리고 싶은 절망감에 빠져 두 번 다시는 사랑이라는 글자를 떠올리고 싶지 않을 정도이다. 그 절망적인 고통으로 하여 무슨 말을 할 수 있겠는가?

　변명이라는 단순한 방법을 선택한다면 더 좋은 감정을 문학적인 표현 때문에 사태를 더욱 어렵게 만들게 될 뿐이다. 이렇듯 연인들 사이에 있어서의 변명이 서로의 오해를 해결할 수 있는 것은 연극이나 소설에서만 가능하다. 물론 그것도 흔한 경우는 아니다. 어느 한 여인이 체험한 사랑의 고백은 좋은 충고가 될 것이다.

사랑의 노래

나의 몸은
사랑의 저녁 노을 속에 타오르는
불꽃입니다.
천둥 번개, 지진이라 할지라도
당신에 대한 나의 열정보다는 뜨겁지 못합니다.

나의 심장은
우리의 사랑을 향한 불꽃입니다.
푸른 하늘과 무지개, 꽃들도
당신에 대한 나의 사랑만큼
아름답지 못합니다.
　수잔 폴리스 슈츠

91

어린 시절 나는 높은 산마루에 올라 홀로 서 있는 것을 좋아했다. 나의 눈길이 머무는 먼 곳, 알 수 없는 미지의 세계, 깊고 푸른 아름다움 속에 꿈꾸듯 잠겨 있는 계곡, 그리고 그 사이로 부드럽게 피어오르는 안개를 언제까지나 바라보는 것은 하나의 커다란 즐거움이었다.

항상 열정에 사로잡히고 갈망에 메말라 있던 내 젊은 날의 기약 없는 방랑은 그렇게 아낌없이 무한한 동경 속으로 녹아들어 한 줄기 눈물로 나의 두 눈을 적시곤 했다. 그리하여 내 젖은 시선은 푸른 하늘빛과 계곡 그 너머로 사라지는 여린 숲의 그림자까지 힘껏 빨아들여 아련한 아픔을 맛보게 했다. 그 후로도 그 곳에서 많은 시간을 보내며 그 푸른 먼 곳이 나를 유혹하듯 손짓하는 것을 보았다. 나는 그 신비로운 힘을 거역할 수가 없었다. 왜냐하면 그 속에서 고향을 느꼈고, 언제나 타향 사람이 되어 갈 수 없는 고향이라도 있는 듯 애잔한 그리움의 슬픔을 맛보았기 때문이다. 그러다가 마침내 나는 그것을 사랑이라고 부르게 되었다.

사랑의 슬픔

사랑의 순결한 슬픔이여
사랑에 사로잡힌 마음이여

그 고통은 불처럼 뜨거우나 달콤하고
그 슬픔은 평온 속에 냉정하고
한때의 상처는 서글프지만
내 그것을 변함없이 간직하려 한다.

이제 내 영혼은 치유되었지만
나는 갈구한다.
마음은 항상 그대로이기를.
그 아픔 정녕 싫지 않았던 사랑이기에.
| 칼릴 무트란 |

93

　여자에게 있어 첫사랑의 실패는 아름다운 환상에서 깨어나 새로운 신의 모습을 발견할 수 있는 계기가 되기도 한다. 아담과 이브가 낙원에서 추방된 후에 그들 자신이 벌거숭이였음을 발견하듯이, 여자는 자기의 비참함을 보게 되고 수치스러움과 절망의 감정을 맛보게 된다. 그것은 두 번 다시 경험할 수 없는 사랑이 남긴 고통의 열매이기 때문이다.

　이에 대한 여자의 첫 반응은 자기 자신을 가차없이 질책하는 일이다. 한편 여자는 자기 자신이 너무 민감하다고 생각한다. 그리하여 머리를 깊이 숙이고 서서히 슬픔에서 깨어나며 자신의 마음이 너무나 쉽게 충격을 받는 약한 소유자라고 스스로 책망하여, 가슴의 상처를 위로하며 아픔을 치료 받으려고 또 다른 사랑을 갈망한다.

사랑은 수수께끼

사랑은 강요할 수 없지만
그러나 영원할 수 있습니다.

사랑은 대가를 치르고 얻을 수 없지만
그러나 놀라운 선물처럼 받을 수 있습니다.

사랑은 요구할 수 없지만
그러나 기다릴 수 있습니다.

사랑은 만들어 낼 수 없지만
그러나 조금씩 자라게 할 수는 있습니다.

사랑은 재촉할 수 없지만
그러나 자연스럽게 넘쳐나게 할 수는 있습니다.
사퍼

　진실한 인간, 불구가 아닌 건강한 인간에게 있어서 신은 항상 다음과 같은 여러 가지 기적에 의해 실증되고 있음을 깨닫게 된다.

　즉, 저녁 무렵이 되면 기온이 내려간다든가, 하루의 일과가 끝나난다든가 하는 일상적인 것 이외에 저녁 노을이 곱게 피어나면서 장밋빛으로 시작해서 차츰 보랏빛으로 변해 가는 현상이 있다는 사실, 이렇듯 밤하늘처럼 수많은 인간의 얼굴에 제각기 다른 미묘한 미소를 띠는 변화가 있다는 사실과 꽃수술의 오묘한 질서 같은 것, 나무조각으로 만들어진 바이올린 같은 악기, 소리와 음계, 언어처럼 참으로 이해할 수 없고 헤아릴 수 없이 미묘하며, 자연을 통해 인간의 정신이 창작된 것, 이성이나 초이상적인 순수한 것이 있다는 사실을 우리는 알아야 한다.

사랑의 비밀

꽃망울이 터지는 비밀한 순간을 기다려 보았는가.

굳게 다문 꽃잎들이 눈에 보이지 않게

살며시 부풀어 오르고

활짝 열리는 그 황홀한 순간을 기다려 보았는가.

하지만 우리는 기회를 놓친다.

이렇듯 꽃은 스스로 피어나는 그 은밀한 순간을

어느 누구에게도 보여주지 않는다.

사랑이 살며시 오는 것처럼

꽃은 이미 피어 영혼을 불사른다.

아무도 보지 못할 때만

꽃은 불꽃처럼 찬란히 모습을

그 누구도 모르는 순간,

그러나 돌아보면 처음부터 그랬던 것처럼 피어있다.

그것은 꽃들의 비밀

또한 우리의 작은 사랑의 비밀.

| 투르게네프 |

　인생에는 의미가 있어야 한다고 한다. 그러나 인생에는 우리가 부여할 수 있는 만큼의 의미만 존재할 뿐이다. 개인적으로는 그러한 일을 온전히 경험할 수 없으므로 종교와 철학을 통해 의미 있는 위안을 구하고자 한다.

　그 의미에 이르는 길은 어디에서나 같다. 즉, 인생의 의미는 오로지 사랑의 길에 있다. 우리가 서로 사랑하고 자기 자신이게 헌신할 수 있는 만큼 인생의 의미도 깊어지는 것이다.

사랑의 장터

사랑의 장터 그 따스한 밤은
장이 서는 날보다 더 열기로 들떠있다.
등불도 없고 노점상 불빛도 없고
단지 감미로운 대화만 있을 뿐
서로 알고 있으면서도
어색한 우리는 친구가 된다.
한 쌍, 한쌍, 그리고 또 한 쌍.

꽃봉오리 같은 너와
꽃과 같은 내가
별빛을 그리다가 그리움만 키워서
산도 누워버리고 나도 눕는다.

봄밤은 부드러운 향기를 퍼뜨리고
숨이 차도록 너를 포옹하는 밤
아침이 밝으면 숲의 새가 지저귀고
풀잎에 맺힌 이슬방울이 영롱하게 빛난다.
| 따흐우엔 |

차츰 나이를 먹고 어른이 되면 순수함을 잃지만, 한편으로는 침착을 배운다. 그러나 지난날의 연인, 그리워하며 쫓아 다녔고, 나에게 처음으로 사랑의 빛을 안겨준 여자들은 지금 무엇을 하고 있을까?

우리가 차례로 헤어질 때, 그녀들은 무엇을 느낄까? 우리 남자들에게는 할 일이 얼마든지 있다. 사랑 대신에 창조하고, 연구하고 작업한다. 일과 작업이 있고 숱한 기쁨과 작은 악업(惡業)이 있다. 그러나 사랑 속에서만 살고 사랑에만 기대를 걸고 있는 여자들은 무엇을 지니고 있는 것일까?

사랑의 종말

죽음만큼이나 강했던 사랑이 종말을 고했다.
시드는 꽃 속에
사랑이 누울 자리를 만들자.
머리맡에는 푸른 잔디밭
발 옆에는 돌 하나 놓아
고요한 저녁 나절
그곳에 우리가 앉도록 하자.

사랑은 봄에 태어나
가을이 되기 전에 끝나버렸다.
마지막 뜨거웠던 여름날
사랑은 떠나갔다.
차가운 잿빛 가을 황혼에
사랑은 머물러 있지 않는다.
우리 사랑의 무덤가에 앉아
가 버린 사랑을 노래하자.
| 로제티 |

어느 시점에서 내 일생을 돌이켜보면, 나 역시 다른 사람들의 삶과 마찬가지로 사랑의 시간과 불행한 시간이 공존하면서 기나긴 인생의 여정을 나그네처럼 걸어왔음을 실감할 수 있었다. 참회하고 용서 받으며 홀로 앉아 있는 공간, 그리고 끝없는 무감각과 공허의 시간 속에서 하늘의 새로운 별들을 바라보며 내일을 꿈꾸곤 했다.

지금은 늦은 시간, 가슴 속에서 폐허가 된 청춘의 뒤안길로 몸을 떨면서 되돌아 걸어보자. 산산조각이 난 희망과 꺼져버린 열정, 내가 쳐다볼 수 있는 것은 모두 먼지 투성이 속에서 뒹굴고 있을 뿐이다. 아는 체하기조차 부끄럽다는 듯 많은 친구들은 내 옆을 그대로 지나쳤다. 훨씬 그 이전에 바로 내가 생각해 냈던 뚜렷한 하나의 상(像)이 나를 빤히 쳐다보는가 하면, 마치 수 백년 동안 나와는 아무 관계가 없고 본 적도 없다는 듯이 침묵하고 있을 뿐이었다.

내 작은 사랑은

내 작은 사랑은
장미꽃과 은방울꽃
그리고 접시꽃도 피어나는
아름다운 정원 안에 있습니다.

아름다운 정원은 즐겁고
온갖 꽃이 다 모여 있습니다.
그것을 연인처럼
내가 밤낮으로 지킵니다.

새벽마다 슬프게
노래하는 나이팅게일새의
달콤한 꿈을 보기도 합니다.
울다 지치면 새는 휴식의 꿈을 갖지요.
[도를레앙]

　빠른 속도로 기울어져 가는 여름 속에는 독특한 광채가 깃
들어 있다. '회화적'이라는 화려한 낱말을 화가들이 쉽게 그릴
수 있다는 뜻으로 풀이하지 않는다면, 나는 이런 광채를 회화
적이라고 표현하고 싶다.

　그러나 이러한 광채를 그리기란 대단히 어렵다. 그러면서도
붓으로 아름다운 색채를 표현하고 예찬하고 싶다고 느끼는 감
정은 어디서 오는 것일까.

사랑에게

어느날 나는 그녀의 이름을 백사장에 썼습니다.
그러나 파도가 밀려와 씻어버리고 말았습니다.
나는 또 다시 그 이름을 모래 위에 썼으나
다시금 내 수고를 삼켜버리고 말았습니다.
그녀는 말했습니다.
"헛된 짓을 하지 말아요.
언젠가는 죽을 운명인데,
불멸의 것으로 하지 말아요.
내 자신도 언젠가는 파멸이 되어
이 모래처럼 되고
내 이름도 씻겨 지워지겠지요!"
나는 그녀에게 말해 주었습니다.
"그렇지 않습니다. 천한 모든 것들은
죽어 흙으로 돌아갈지라도
당신은 빛나는 이름으로 오랫동안
이 지상에 머무를 것입니다.
아아! 설령 죽음이 온 세계를 다스려도
우리의 사랑은 영원한 생명을 얻게 될 것입니다."
| 로제티 |

　"당신에게는 가장 경이롭고 소중했던 시간들이었을 거예요.
그때 나는 숲 속을 거닐면서 낙엽지는 소리에도 슬픔에 잠기
곤 하던 한 어린 소년의 슬픔에 찬 모습을 지금도 기억하고
있어요. 당신이 바이올린을 켜고 있거나 좋아하는 시인의 시
집을 읽던 그 어느 날 저녁 무렵처럼, 당신과 내가 그처럼 가
깝게 지냈던 적은 없었을 거예요. 그때 나는 당신에게 밝은 미
래의 그림자가 다가오는 것을 알 수 있었어요. 그건 무척 두려
운 일이었지요, 당신만이 가질 수 있는 새로운 젊음과, 또 다
른 슬픔을 간직하고 나에게로 오리라는 것을 이미 예감할 수
있었기 때문입니다. 이렇듯 그리운 그 시간을 위해서라도 나
는 지난 잃어버린 세월과 함께 당신을 사랑하지 않으면 안 되
게 되었지요."

빨간 장미꽃 사랑

오, 내 사랑은 유월에 갓 피어난
빨간 한 송이 장미꽃
내 사랑은 맑고 아름다운 선율
곡조 맞는 감미롭게 흐르는 가락.

정녕 아름답다, 나의 귀여운 소녀여!
나 깊이 너를 사랑하노라.
바닷물이 다 말라 버릴 때까지
변함없이 너를 사랑하리라.

바닷물이 다 말라 버릴 때까지
바위가 햇볕에 녹아 스러질 때까지
한결같이 너를 사랑하리라.

그럼 안녕, 내 하나뿐인 사랑이여!
우리가 잠시 헤어져 있을 동안.
천리만리 멀리 떨어져 있다 하더라도
나는 다시 돌아오리라는 것을 약속한다.

| 번즈 |

오늘밤은 유난히 부드럽고 따뜻합니다. 별은 더욱 가까이에서 빛나고, 내 영혼 앞에서는 낯익은 형상이 조금씩 모습을 드러내고 있습니다. 난 당신을 알고 있습니다. 나에게 있어 당신은 초록빛 공원과 같은 존재이며, 꿈꾸는 자들이 즐겨 찾는 반원형의 벤치였습니다. 어쩌면 내가 맨 처음으로 불렀던 아침 안개의 노래는, 나의 첫 번째 노래였습니다. 그때 봄의 향기를 내뿜고 있던 너도밤나무는 그 화려한 황금빛 그림자로 나를 감싸주었습니다.

사랑은 조용히 천천히 오는 것

사랑은 조용히 천천히 오는 것
외로운 여름과
거짓 꽃이 시들고도
기나긴 세월이 흐를 때
사랑은 조용히 천천히 오는 것.
얼어붙은 물속으로 파고드는
밤하늘의 총총한 별처럼
조용히 내려앉는 눈과 같이

조용히 천천히
땅 속에 뿌리박는 사랑의 열정은
더디고 조용한 것.
내리다가 치솟는 눈처럼
사랑은 살며시 뿌리로 스며드는 것
씨앗은 조용히 싹을 틔운다.
달이 커지듯 천천히.
│G. 벤더 빌트│

언젠가 당신에 대하여 아름다운 꿈을 꾼 일이 있었습니다. 이삭이 익어가는 금빛 들판의 황홀한 꿈! 지금 또다시 밝은 빛으로 새로운 행복을 알려주는 선지자(先知者)인 당신!

보십시오. 아직 대기는 은빛으로 차갑고, 미래의 그림자는 여명의 시선으로 조용히 하루를 여는 이른 새벽녘, 아직은 지난 밤의 꿈이 남아 있는데 닫혀 있는 정원을 당신은 고요히 걷고 있습니다. 그러자 나무들의 작은 속삭임이 들려오고 푸릇푸릇한 초원에서도 방금 환한 소식이 전해 오고 있습니다.

진정으로 사랑한다는 것은

진정
사랑한다는 것은
이별을
눈물로써 대신하는 것이
절대로 아닙니다.

곁에 있던 사람이
먼 길을 떠나는 순간
사랑의 가능성이
모두 사라져 간다 할지라도

그대 가슴 속에 남겨진
그 사랑을 간직하면서
사랑하는 마음을 버리지 않는 것이
진정으로
사랑하는 것입니다.
| E.L 쉴러 |

우리가 사랑하는 사람을 잃었을 때 최초의 자연스러운 대답
은 슬픔과 고통의 눈물이다. 죽은 사람에 대한 비애나 고통은
살아 있는 우리에게 오히려 위안을 줄뿐, 이미 죽은 사람과 같
을 수 없다. 그러므로 우리가 죽은 이에게 드릴 수 있는 마지
막 기회란 어떠한 제물이 아니라 그에 대한 올바른 기억과 회
상을 지니고 사랑했던 그 존재를 우리의 내면 세계에 다시 재
건하는 것이 가장 아름다운 보상이다. 우리가 이와 같은 추모
와 마음에 안식을 갖는다면, 죽은 사람은 늘 우리 곁에서 새로
운 삶을 계속하고 있는 것이나 다름없으며, 그에 대한 슬픔이
나 고통은 승화되어 생의 열매가 된다.

그대 그리워지는 날에는

오늘 나는 당신이 그립습니다.
함께 있지 못해서
그래서 나는
당신과 함께 보냈던 행복한 날들을 떠올리고
당신과 함께 보낼 멋진 날들을 기다리며
오늘 하루를 보냈습니다.

당신의 미소가 그립습니다.
그 미소는 당신이 나를 사랑한다는
미묘하지만 숨길 수 없는
표현인 줄을 나는 알고 있습니다.

말은 안 해도 따스한 위안으로
모든 두려움을 녹여주지요.
그리고 당신의 그 미소는
깊고 진지한 사랑만이 줄 수 있는
행복감과 안도감을 내게 주었습니다.

삽포

113

　지금 내가 서 있는 공간의 한 지점에, 바로 이 순간에 한 점
과 같은 위치를 점령하고 있다. 이때 나의 존재는 공간과 시간
이 십자형을 이루고 있는 지점으로 밖에는 생각되지 않는다.
나는 두 팔을 힘껏 벌려본다. 그리고 나는 말한다.
　"저쪽이 남쪽이고, 이쪽이 북쪽이라고……"
　나는 결과이다. 그러므로 나는 원인이 될 수도 있는 것이다.
결정적인 원인이 될 수도 있다. 두 번 다시 있을 수 없는 기
회! 나는 존재한다. 그래서 나는 존재 이유를 찾아내고 싶은
것이다. 나는 알고 싶다. 왜 내가 살고 있는가를.

사랑의 슬픔

나는 당신의 소중한 꽃이었습니다.

나는 저녁에 뚫어질 듯이 어둠을 바라보며

사랑이 오기를 기다리고 있습니다.

당신은 내 눈에 키스를 했습니다.

당신은 언덕 위에서 노래했습니다.

"너를 사랑하는 것이 이상하다."라고

그 노래가 틀렸음을 내 어찌 알 수 있었겠습니까

당신의 뱀 같은 마음을 내 어찌 알았겠습니까

"좋아요 어서 가세요!"

나는 내 어두운 마음을 밤의 숲에 던졌습니다.

오오, 얼마나 슬픈 일인지 모릅니다.

모든 나무는 당신의 이름을 부르고 있습니다.

일찍이 내 행복의 새였던 그 이름을 말입니다.

발라

　때로는 사랑하는 사람이 보내온 절교를 선언하는 편지가 무
정해 보인다 하더라도 그를 원망해서는 안 된다. 그것은 그가
사랑하지 않는다는 것을 의미하지는 않기 때문이다. 다만 그
의 사랑하는 방식이 당신이 사랑하는 것과 같지 않으며, 그의
사랑은 늘 조심스럽고 자기 자신을 완전히 내맡기는 사람이
아니라는 것을 의미할 따름이다.

나는 생각한다.

나는 생각한다. 키스와 침대
빵을 나누는 사랑을.

영원한 것이기도 하고
덧없는 것이기도 한 사랑을,

다시금 사랑하기 위하여
자유를 원하는 사랑을.

찾아오는 멋진 사랑을
떠나가는 멋진 사랑을.

| 네루다 |

우리의 삶에 있어 사랑 없이는 아무런 가치도 부여할 수 없다. 사랑이란 슬픔 속에서도 의연해지고 미소지을 수 있는 능력을 말한다. 자기 자신에 대한 사랑, 자기의 운명에 대한 사랑, 사랑을 통해 아직은 볼 수가 없고 이해할 수 없는 경우일지라도 신비한 것이 우리에게 요구하고, 계획하고 있는 것, 충심으로 동의하는 것, 이것이 바로 우리의 목표이며 삶의 실체이다.

주는 것이 받는 것보다 행복하고, 사랑하는 것은 사랑 받는 것보다 아름다우며 사람을 행복하게 해준다.

젊은 사람들이 맹목적인 사랑과 오랜 결혼 생활에서 얻은 사랑은 서로 다르다.

그대를 처음 본 순간

그 깊은 떨림.

그 벅찬 깨달음.

그토록 익숙하고 가까운 느낌.

그대를 처음 본 순간

우리의 모든 것이 시작되었습니다.

지금 그날의 떨림은 생생합니다.

오히려 천 배나 더 깊고

천 배나 더 애틋한 마음이 싹텄습니다.

나는 그대를 영원히 사랑하겠습니다.

내 육체가 세상에 태어나기

그대를 만나기 훨씬 전부터

나는 그대를 사랑하고 있었나 봅니다.

그대를 처음 본 순간 알아버렸습니다.

운명.

우리 두 사람은 하나이며

그 무엇도 우리를 갈라놓을 수는 없습니다.

| 칼릴 지브란 |

　누군가를 갈망하고 그리워한다고 해서 열정적인 성격을 가질 수 있는 것은 아니며, 자신의 심정을 토로하고 싶다고 해서 누구나 다 그럴 수 있는 것도 아니다. 때로는 그것을 제대로 자기가 가지고 있는 열정과 환희에 대해 격렬하게 느끼면서도 표현하지 못하는 사람도 있다. 그러나 그들이 간직하고 있는 순수한 감정은 자신의 사랑을 잘 표현할 수 있는 사람보다 더 강렬한 불꽃을 간직하고 있음을 잊어서는 안 된다.

그대가 있기에

그대가 있기에
나는 감격했고,
그대가 먼저 행동하였기에
나는 몰랐고,
그대가 먼저 나에게로 다가와서
나는 숨이 막혔고
그대가 내 곁에 있기에
나는 행복했습니다.

함께 있으면
우리는 하나
따로 있으면
우리는 저마다
완전한 존재.
이것이 우리의 꿈이게 하고
이것이 우리의 목표가 되게 하였습니다.
| 피터 맥 윌리엄스 |

아름다운 사랑의 편지는 비록 짧은 문장이지만, 글귀마다 순식간에 과녁을 적중하는, 그러나 오랫동안 떨리는 화살과 같다. 그리하여 기억 속에 아로새겨진 몇몇 구절은 수 많은 나날, 많은 밤을 보내면서 따뜻하고, 여러 해가 지나 오랜 시간이 흐른 뒤 마침내 필적마저 희미하게 지워져 버렸을 때에도, 이미 사랑하지 않게 되었을 때까지도 사람들은 그 글을 쓴 때를 회상하게 된다. 잃어버린 사람이라도 그런 추억 때문에 고독할 수는 없으리라.

사랑은 쓰고도 단 것

사랑은 쓰지만
사랑은 달기도 합니다.
둘이 서로 만나기까지 한숨에 젖고
한숨 지으며 또다시 만나는 사랑하는 사람들
이별을 하면서 만나고
또다시 한숨을 짓습니다.
쓰고 달콤한 사랑의 괴로움이여!

사랑은 앞 못 보는 소경과 같고
사랑은 장난꾸러기입니다.
소경에 장난꾸러기인 사랑.
생각은 대담하지만 말은 수줍게 합니다.
대담하고도 수줍은 사랑.
대담하다가는 수줍어하고 다시 대담해지는
사랑은 수줍음과 괴로운 것입니다.
맥도나

　내가 사랑하는 것들은 언제나 무가치하고, 때로는 영혼과 정신을 유출시켜 향기를 메마르게 한다. 그러나 이 세상의 모든 빛깔을 잃어버린 채 동반자와 같은 안내인까지도 두려워해야 하는 나의 '불성실함.' 아, 나는 알고 있었다. 어제는 포도주였던 것이 오늘은 식초가 되었다는 사실을. 그리고 그 식초는 결코 다시는 포도주가 되지 않는다는 교훈을 말이다.

머물며 사랑하기

누구나 실수를 할 수 있지만
누구나 솔직할 수 있는 것은 아닙니다.
그러나 진실한 사람의 아름다움은
무엇과도 비교할 수 없습니다.

솔직함은 겸손이고
그것은 두려움 없는 용기입니다.
잘못으로 부서진 것을 솔직함으로 건설한다면
어떤 폭풍우에도 견뎌낼 수 있을 것입니다.

때로는 약한 사람이 솔직할 수 있으며
여유로운 사람이 자신의 모습을 볼 수 있고
자신을 아는 사람만이 자신의 모습을 드러낼 수 있습니다.
│ 테클라 매를로 │

여자들의 마음을 아프게 하거나 상처를 입히지 않는 방법은 내면의 감정의 흐름을 쉽게 입밖으로 내지 않아야 된다는 사실에 유념해야 한다. 흔히 대수롭지 않은 언행에서 남자들은 여자의 마음에 깊은 상처를 주고 위로할 수 없는 불행의 그림자를 던진다는 사실을 알고 있는지?

여자는 마음속으로 사랑의 척도를 확인하기 때문에 어떠한 불평도 하지 않은 채 기다리고 인내한다.

또한 여자에게서 애정을 느끼는 것만으로 사랑이 충분하지 못하다. 무엇보다도 여자를 이해하는 것이 가장 중요한 사랑의 조건임과 동시에 마음의 상처를 주지 않는 것도 필요한 요건 중의 하나이다.

사랑은 달콤하고 위험한 얼굴

사랑이라는 달콤하고
위험한 얼굴이 오랜 세월이 흐른 후
어느 날 저녁 내 앞에 나타났습니다.
그는 활을 가진 궁사였을까?
아니면 하프를 안은 악사였을까?

난 더 이상 알 수가 없었습니다.
아무 것도 알 수가 없었습니다.
오로지 내가 알고 있는 것이 있다면
그 사람이 내 맘에 상처를 입혔다는 것 뿐입니다.

화살이었을까?
노래였을까?
내가 알고 있는 것이 있다면
그가 내 가슴에 상처를 남겼다는 것뿐입니다.
너무도 뜨겁게 불타오르는
사랑의 상처말입니다.
| 자크 플러베르 |

　나는 당신의 밝은 이마 위에 파르르 떨고 있는 우수의 그림
자를 보고 놀라지 않을 수 없었습니다. 고개를 숙일 때마다 드
러나는 당신의 연약한 목과 지친 듯한 몸짓, 파리한 얼굴 표정
에서 지나온 세월이 가져다준 번민의 맥박을 읽을 수 있었습
니다.
　어서 빨리 내 곁으로 달려와서 마음껏 눈물을 흘리십시오.
지금은 가을입니다. 조금씩 깊어가는 이 계절은 젊음의 시간
을 재촉하는 하나의 경고와 같습니다. 당신은 이미 내 눈빛에
서 그것을 읽을 수 있었을 것입니다. 아니면 당신보다는 내 손
에, 내 이마에 더 깊은 곳에서 번민의 슬픈 강물이 소리치며
흐르고 있습니다.

사랑의 말을 주세요

사랑한다는 말을 한 번만 더 들려주세요.
다시 한 번 더 그 말을 들려주세요.
그대에게는 뻐꾸기 울음처럼 들리겠지만 말예요.

기억해 두세요. 뻐꾸기 울음 없이는
상큼한 봄이 초록빛으로 치장을 하고
산이나 들, 계곡과 숲에 찾아오지 않는다는 사실을.

온갖 별들이 가득 하늘을 빛으로 수를 놓는다 해도
너무 많다고 불평할 사람이 어디 있을까요?

온갖 꽃들이 저마다 사계절을 꾸민다 해도
너무 많다고 불평할 사람이 어디 있을까요?

"사랑해, 사랑해, 사랑해……."
그 달콤한 말을 속삭여 주세요.
| 브라우닝 |

    나뭇가지에 앉아 즐겁게 노래하는 산비둘기. 바람에 가볍게 떠는 잔가지들. 수목 사이로 반짝이는 바다 위의 흰 돛단배를 기울게 하는 바람, 희끗희끗 포말을 일으키는 물결. 그리고 작고 큰 유쾌한 웃음소리, 모든 것은 자신의 존재를 사랑하고, 모든 존재는 스스로를 즐긴다.

너의 그 말 한 마디에

너의 해맑은 눈을 조용히 들여다보면
나의 온갖 고뇌가 사라져 버린다.
너의 고운 입술에 입을 맞추면
나의 영혼이 잠자듯 되살아난다.

따스한 너의 가슴에 몸을 기대면
마치 천국에 온 것 같은 느낌
"당신을 사랑해요."
너의 그 말 한 마디에
한없이 한없이
눈물이 마음 속 깊이 흘러내린다.

| 하이네 |

어디에 지혜가 깃들어 있는지를 알만큼 현명하지 못한 것이 인간의 불행이다. 지혜를 추구하는 방식을 알지 못하므로 지혜에 대한 사랑도 우리의 마음 속에 제대로 자리잡고 있지 못하다. 유명한 철학자라고 불리우는 사람들이 있다. 그들은 사물의 체계에 대해 사색하는 사람들이다.

가까운 것과 먼 것, 인간과 우주, 가치와 실재를 논하려는 정성된 노력은 분명히 지혜의 추구이다. 그 결과 우리가 어디에 도달하던, 또 추구해서 세운 체계가 아무리 부적당하더라도 그것은 지혜의 추구다. 지혜에 대한 추구는 분명히 인간의 정신이 종사할 수 있는 최상의 사랑이다.

모래 위에 쓴 편지

오늘 같은 그 어느 날,
모래 위에 사랑의 편지를 쓰면서
우리는 시간이 가는 줄도 몰랐지.

밀려오는 파도에
모래 위에 쓴 사랑의 편지가 지워질 때
너는 웃었고
나는 울었지.

너는 언제나
진실만을 맹세한다고 말했지.
그러던 너였건만
지금 그 맹세는 어디로 갔나.

부서지는 파도에 밀려
모래 위에 쓴 사랑의 편지가 지워질 때처럼
지금 내 마음은 한없이 슬프다네.
| 페트 분 |

133

　사랑이란 예술과 같은 것이다. 위대한 것을 조금이라도 사
랑할 수 없는 사람은 작은 것을 사랑할 수 있는 사람보다 더
가난하고 미천하다. 사랑한다는 것은 상대의 마음을 안다는
의미라고 단정할 수 있다. 한편 가장 깊이 사랑하는 사람은 가
장 사랑을 잘 모르는 사람이기도 하다.

　사랑이란 간청해서도 안 되고, 요구해서도 안 된다. 사랑이
란 자신의 내면에 확신에 도달할 수 있는 힘이 있어야 한다.
그러면 사랑은 이끌려지지 않아도 스스로 다가가게 된다.

　진실한 사랑을 하는 사람은 사랑을 함으로써 자신을 발견하
게 된다. 그러나 대개의 사람들은 자신을 상실하기 위해 사랑
을 하는 것 같다.

연인

그녀는 내 눈 속에 있다.
그녀의 머리칼은 내 머리칼 속에
그녀는 내 손의 모양을 가졌다.
그녀는 내 눈의 빛깔을 가졌다.
그녀는 내 그림자 속에 숨는다.
마치 하늘에 던져진 작은 돌처럼.

그녀의 빛나는 눈동자 속에서
나는 잠들지 못한다.
환한 대낮에 핀 그녀의 꿈은
태양을 증발시키고
나를 웃기고 울리고
꼭 할 말이 없는데도 말을 만든다.

엘뤼아르

135

내 눈 속에는 슬픈 광적인 사랑이 빛으로 미소짓고 있다. 순간 나는 생각에 빠져든다. 자애라는 것은 행복의 방사체에 불과하다고. 그리고 나의 마음은 행복하다는 이유만으로 만인을 위하여 내 자신을 받쳐야 한다는 새로운 사명감에 사로잡힌다.

사랑이란 가혹한 것

한 송이 꽃을 심고
밭을 통째로 뿌리를 뽑아버리는 사랑.
하루 동안 우리들을 되살려 놓았다가는
영원히 정신을 잃게 만드는
사랑이란 얼마나 가혹한 것인가.

사랑은
빛의 종이 위에
빛의 손길로 쓰여진
빛의 언어입니다.
칼릴 지브란

137

　장밋빛으로 타올랐던 우리들의 젊음과 사랑의 계절은 이미
지나가 버렸습니다. 그러나 젊은 날이 남기고 간 그 짙은 여운
은 아직도 우리를 부드럽게 감싸고 있습니다. 이제 그 시간의
뒷자리에 남은 우리들은 사랑의 아픔을 과거 속에 아름다운
추억으로 잠재우기 위해 노력하지 않으면 안 됩니다. 그것은
우리의 가슴 속에 영원히 살아 있는 찬란한 추억의 빛으로 삶
을 풍요롭게 합니다. 그런 다음, 우리들은 조금씩, 아주 조금
씩 과거를 잊어버리면 됩니다. 우리의 아름다운 노래, 사랑의
노래를 말입니다.

연인에게로 가는 길

아침은 빛나는 눈을 뜨고
세상은 이슬에 취하여 반짝인다.
금빛으로 그를 감싸주는
생생한 빛을 향하여.

나는 숲 속을 거닐며
빠른 아침과 발을 맞추어
열심히 걸음을 재촉한다.
아침이 나를 아우처럼 동행시킨다.

갈색의 보리밭에
뜨겁게 드리운 대낮이
쉴새없이 글을 재촉하는
나를 바라보고 있다.

조용한 저녁이 오면
나는 목적지에 닿을 것이다.
대낮이 그렇듯이, 사랑스런 이여,
너의 가슴에 타 버리리라.

| 헤르만 헤세 |

  하루의 일을 시작하는 사람은 길거리에서 단 일분의 시간도
낭비하지 않고 주변의 유쾌한 것들에 대해 새로운 감정으로
얼마든지 보고 느낄 수 있다. 이때 눈에 보이는 모든 사물은
결코 피로하지 않는 다정한 모습으로 다가 와 우리를 강렬하
게 복돋아준다. 이렇듯 모든 사물은 개성과 관조적인 면을 지
니고 있고, 한편으로는 무관심과 추악한 면도 보여주고 있다.
그러므로 올바른 삶을 살아가기 위해서는 깊은 관심을 갖고
꾸준히 관찰해야 한다. 그와 같은 노력이 계속 반복되고 사고
력이 집중되면 눈에 보이는 사물로부터 쾌활함과 사랑의 노래
를 얻을 수 있다. 이러한 마음가짐을 지닌 사람이라면 들꽃 한
송이를 꺾어서 일터 가까운 장소에 꽂아놓고 삶의 기쁨까지
느낄 수 있을 것이다.

여자 친구에게 보내는 엽서

오늘은 차가운 바람이 불어와
이곳저곳에서 소리를 냅니다.
풀밭은 서리에 온통 젖어있습니다.
몇 개의 꽃 송이가 남아있을 뿐입니다.

창가에서 마른잎 하나가 팔랑입니다.
나는 눈을 감고
먼 안개에 싸인 도시를 걷고 있는
당신을, 사랑스런 한 마리의 사슴을 봅니다.
하이네

141

사랑에는 특별한 고통이 따른다. 그러나 고통을 받든 받지 않든 그런 것은 사랑하는 두 사람 사이에 아무런 관계가 없다. 두 사람이 삶을 함께 하고자 하는 강렬한 갈망이 있다면, 두 사람이 신뢰하는 긴밀하고도 생생한 동반의 감정을 느낄 수만 있다면, 그리고 사랑이 식지 않는다면 그것으로 만족해야 한다.

부질 없는 사랑의 환락 속에서 때때로 쾌락에 도취되었던 열정과 그 짧은 욕망의 연소와 재빠른 소멸은 우리에게 있어 체험의 가장 깊은 부분을 내포하고 있는 것처럼 인생의 온갖 환희와 야비함의 상징이 되었던 것은 사실이다.

인생의 무상함에도 대부분의 사람들은 사랑에 대한 믿음과 집착을 기울일 수 있었다. 이 외로운 행복감은 사랑을 통해 느끼는 환희였다.

미라보 다리

미라보 다리 아래 세느 강은 흐르고
우리들의 사랑도 흘러내린다.
내 마음 속에 깊이 간직하리니
기쁨은 언제나 괴로움 뒤에 이어짐을
밤이여! 오라. 종아! 울려라
세월은 가고 나는 머문다.

손에 손을 맞잡고 얼굴을 마주 바라보며
우리들 팔 아래 다리 밑으로
영원의 눈길을 보내는 지친 물살이
저렇게 천천히 흘러내린다.
밤이여! 오라. 종아! 울려라.
세월은 가고 나는 머문다.

사랑은 흘러간다. 이 물결처럼
우리들의 사랑도 흘러간다.
어쩌면 삶이란 이렇게 지루한가
희망이란 왜 이렇게 격렬한가.
| 아뽀리네르 |

143

사랑이란 자신의 내면에서부터 시작하여 확신에 도달할 수 있는 힘이어야 한다. 이런 사랑은 무분별하게 이끌리지 않고 스스로 다가가는 운명적인 모습으로 표현된다. 진실한 사랑을 하는 사람은 늘 새로운 자신의 모습을 발견하게 되지만, 대개의 사람들은 자기자신을 잃어버리기 위해 맹목적인 사랑에 빠진다. 이것은 동물적인 욕구의 표현일뿐 결코 사랑은 아니다.

사랑에는 그 나름대로의 고통이 따르게 마련이다. 그러나 고통을 당하거나 당하지 않던 간에 그것은 별다른 의미를 주지 못한다. 사랑과 삶을 함께 한다는 강한 의지만 있다면, 모든 살아 있는 것과의 긴밀한 유대감, 그리고 사랑의 열정이 식는 일만 없다면, 우리는 사랑의 품안에서 행복을 느낄 수 있을 것이다.

고엽枯葉

기억하라. 함께 지낸 행복스런 나날을.
그때 태양은 훨씬 더 뜨거웠고
우리의 삶은 아름답기 그지 없었지.
마른 낙엽을 갈퀴로 긁어모으기로 했다네.
나는 그날을 잊을 수 없어.
모든 추억도 또 뉘우침도 함께
망각의 춥고 어두운 밤 저편으로
북풍은 그 모든 것들을 싣고 갔지.
네가 불러준 그 노래 소리
그건 우리의 마음 그대로의 노래였고
너는 나를 사랑했고,
나 또한 너를 사랑했다.
우리 둘은 언제나 함께 있었지.
하지만 인생은 아무도 모르게
사랑하는 이들을 헤어지게 하지 않는가.
그리고 이별의 슬픔을 안고 떠나는 연인들의
모래밭에 남긴 발자취를 거센 물결이 지운다.
| 플로베르 |

　삶의 물결 속에 죽음의 어둠이 소용돌이치며 흘러가고, 전혀 모르는 사람이, 혹은 절친한 사람이 그 흐름 속으로 빠져드는 것을 보고는 그들을 향해 소리치고 눈물을 흘리지만, 자기 자신은 굳건히 대지를 밟고 안전한 생의 기슭에서 그들을 바라볼 뿐이며, 그들과 함께 휘말리거나 죽는 일은 절대 없다고 생각하는 모순된 존재가 바로 우리 인간이다.

추억

흙 속은 차갑고, 그 위에는 깊은 눈이 쌓여있다.
저 먼 곳 쓸쓸한 무덤 속에 차갑게 묻힌 그대
하나뿐인 사람아, 모든 것을 삼키는 시간의 물결로
나는 사랑을 잊고만 것일까?

흙 속은 차가운데 어두운 섣달이
이 갈색 언덕에서 어느새 봄날의 빛이 되었다.
변모와 고뇌의 세월은 겪어왔으니
아직 잊지 못할 마음은 너를 배반하지 않았다.

젊은 날의 그리운 사람아, 혹은 세파에 시달려
너를 잊었다면 용서하기 바란다.
거센 욕망과 어두운 소망이 나를 괴롭히지만
그것들은 너를 생각하는 마음을 해치지 않았다.

그리하여 내 하늘에 빛나는 태양은 없고
나를 비추는 별도 달리 없었다.
내 생애의 행복은 모두 네 생명에서 비롯되었고
그 행복은 너와 함께 무덤에 깊이 묻혀 있다.

| 프로스트 |

147

　계절의 순환, 대지의 냄새, 들판의 풀과 작은 꽃의 향기, 강 위에 서리는 아침 안개, 목장에 번지는 저녁의 습기, 나는 생각했다. 지상에서 아무것에도 집착하지 않고 끊임없이 변모하는 것들 사이로 영원한 열정을 꿈꾸고 다가가는 사람은 행복하다고.

당신의 행복

당신은 행복합니다.
한낮의 태양 앞에서, 깊은 밤 별들 앞에
또한 당신은 행복합니다.

태양도 달도 별도
모두 존재하지 않을 때
이 모든 것들이 있는 앞에서도
두 눈을 감을 수 있다면
당신은 진정 행복합니다.
| 칼린 지브란 |

149

삶

삶이란

아름다음이며

슬픔이자, 곧 기쁨이다.

삶이란

나무며, 새며

물위에 비친 달빛이기도 하다.

삶이란

노동이며, 고통이자

희망인 것이다. 사랑이 충족된 것이

삶의 모습이다.

　진정한 인간, 건강하며 불구가 아닌 인간을 통해서 세계를
입증하고 신을 실증하는 것은 기적이다. 저녁 무렵, 하루의 일
과가 끝날 때 서서히 엄습해 오는 어스름 속에 노을이 빨갛게
타올라 장밋빛에서 엷은 회색빛으로 변하는 무한한 비밀을 간
직하고 있는 하늘처럼 인간의 얼굴에 떠오르는 미묘한 웃음.
대사원의 비밀한 방이나 견고한 성루의 창과 같은 질서가 있
는, 판자쪽으로 만들어진 바이올린 같은, 음계(音階)와 같은
약속, 언어와 같은 미묘하고 자연과 정신 속에서 출발한 이상
적이면서 동시에 이성을 넘어선 어린아이 같은 것이 신의 모
습이다.
　그 아름다움과 놀라움, 수수께끼와 같은 영원불변의 모습,
그러면서도 너무나 인간적인 나약함, 질병, 위험을 물리치고
방치해서는 안 되는 것, 그런 것의 심부름꾼이며 제자인 인간
은 지상의 가장 신비한, 존경할 만한 현상의 하나로 표현된 예
술 작품이다.

산 너머 저쪽

산 너머 저 하늘 멀리
모두들 행복이 있다고 말하기에
남을 따라 나도 찾아갔지만
눈물 지으며 되돌아 왔네.
산 너머 저 하늘 멀리
모두들 행복이 있다고 말하건만.

칼 부세

　하루 하루가 계속되고 우리의 삶을 위해 또 다른 날들이 이어진다. 그리하여 수많은 아침과 저녁이 반복된다. 그와 함께 혼수상태에서 벗어나지 못한 채 새벽이 되기도 전에 일어나야 하는 아침이 있다.

　오! 가을의 잿빛 아침.

　내 영혼은 휴식도 없이 지칠대로 지쳐 잠에서 깨어나면 열병을 앓는 사람처럼 더 깊은 잠을 원하면서 죽음의 순간을 느낀다. 내일 나는 추위에 떨고 있는 이 전원을 떠날 것이다. 지금 갈색풀에는 찬 서리가 가득하다.

가장 빛나는 것은

꿀벌 자루 속에 일 년 동안 모은 향기와 꽃무더기
보석 한복판에서 빛나는 광산의 경이로움
진주알 속에 감추어 있는 바다의 빛과 그늘
향기와 꽃, 빛과 그늘, 경이로움과 풍요로움.

그리고 이것들보다 훨씬 더 높은 것은
보석보다도 더 빛나는 진리
진주보다도 더 순순한 믿음
우주 안에서 가장 빛나는 진리
그것은 한 소녀의 입맞춤이었네.
| 브라우닝 |

"오! 새여, 행복은 어디에 있는 것일까요?"

그러자 아름다운 새는 금빛 부리로 미소를 지으며 말했다.

"행복을 말씀하셨나요? 행복은 어느 곳에나 있어요. 산과 골짜기에는 물론, 꽃이나 수정 속에도 있지요."

새는 깃털을 세우며 목을 이리저리 움직였다. 그리고 꼬리를 아래위로 치켜들며 눈을 깜빡이고 다시 미소를 지었다. 그러자 놀랍게도 새가 아름다운 한 송이 꽃으로 변했다. 깃털은 꽃잎이 되고 발톱은 뿌리가 되었다. 다채롭게 빛나면서 춤추고 있는 사이에 새는 꽃나무가 되었다.

이른 봄

이른 봄
풀은 가까스로 고개를 내밀고
시냇물과 햇빛은 여리게 흐르고
숲의 초록빛은 투명하다.

아직도 목동의 피리소리는 이른 아침에
울려 퍼지지 않고
숲의 어린 고사리도
아직은 잎을 돌돌 말고 있다.

이른 봄
자작나무 아래서
미소를 머금은 채 눈을 내리깔고
내 앞에 너는 서 있었다.
  톨스토이

행복이란 희망을 지니는 자만의 것이다.

어떤 인간이라도 그만이 특별나게 불행하다고는 단정할 수 없다. 마음 속에 음흉한 동물이 살고 있지 않은 사람일지라도 행복하다고는 할 수 없으며, 현재 매우 불행한 삶을 영위하고 있다 할지라도 태양이 빛나고 모래나 자갈밭에서도 행복의 꽃이 피는 경우가 있듯이 불행하다고 단정지을 수는 없다.

인생의 행복이나 불행을 지나치게 까다롭게 말하는 것은 생각의 차이에 불과하다. 그것은 자기의 인생에서 가장 불행했던 날이나 즐거웠던 날들 모두를 잃어버리는 것 이상으로 고통스럽게 생각되기 때문이다.

첫 민들레

겨울이 끝난
아직은 아득한 자리에서
소박하고 신선하게 꿈꾸듯 솟아나서
세상의 모든 인공품들은 아랑곳하지 않고
양지 바른 구석에 피어나
통트는 새벽처럼 순진하게
새봄의 첫 민들레는 믿음직한 얼굴을 내민다.
휘트먼

　당신은 자신의 고향에 만족하고 있지 않은가? 좀 더 아름답
고 풍요하고 따뜻한 땅을 갖고 싶지 않은가?

　그리하여 숱한 방황을 끝낸 다음 당신은 새로운 여행을 떠
나게 될 것이다. 더 아름답고, 태양이 더 빛나는 다른 나라에
서 방황하게 될 것이다. 그러면 당신의 마음은 한없이 넓어지
고 화창한 하늘이 새로운 행복을 가져다 줄 것이다. 그곳이 당
신의 낙원이다.

　그러나 잠깐 기다리게, 그곳을 칭찬하는 것을. 몇 년, 아니
불과 얼마 안 되는 시간 동안만이라도 최초의 진귀함이 사라
져버릴 때까지.

　그러면 또 다시 당신은 그리운 산에 올라 당신의 고향이 자
리잡고 있는 방향을 찾을 때가 올 것이다. 고향의 언덕은 그
얼마나 부드럽고 푸르른가. 그리하여 당신은 깨닫게 되고 느
끼게 될 것이다.

카스타에게

그대 한숨은 꽃잎의 향기
그대 목소리는 백조의 노래.
그대 눈빛은 태양의 빛남.
그대 살결은 장미의 빛깔
사랑을 잃은 내 마음에
그대 생명과 희망을 주었네.
사막에서 피어나는 한 송이 꽃과 같이
내 생명의 광야에 살고 있는 그대.
구스타포 A. 베케르

　나뭇가지에 앉아 즐겁게 노래하는 산비둘기, 바람에 가볍게
떠는 잔가지들, 수목 사이로 반짝이는 바다 위의 흰 돛단배를
기울게 하는 바람, 희끗희끗 포말을 일으키는 물결, 그리고 작
고 큰 유쾌한 웃음소리, 모든 것은 자신의 존재를 사랑하고 모
든 존재는 스스로를 즐긴다.
　이때 행복이 찾아온다.

강변의 숲속에서

강변의 숲속에
숨어 있는 아침 해
우리는 그 강가에 작은 배를 띄웠다.

아침 해는
물속으로 뛰어들어 강물 위에서
반짝이며 우리에게 인사를 보냈다.
| 한스 카로사 |

　행복은 현실 속에서 가볍게 호흡하는 것, 대자연과 더불어
노래하는 것, 윤무와 함께 춤추는 것, 신의 영원한 웃음 속에
서 조용히 미소 짓는 것이다.

　대개의 사람들은 그것을 한 번밖에, 또는 두세 번밖에 경험
하지 못한다. 그러나 그것을 한 번이라도 체험한 사람은 그 순
간이 행복한 것이 아니라, 시간의 흐름을 잊어버리는 황홀감
이나 그 빛남, 울림을 얼마간은 경험하고 있는 것이다.

　그리고 우리의 삶을 통해 사랑하는 것에 의해 얻어진 진실,
예술가에 의해 받은 위안이나 종교가 주는 밝음의 모든 것, 이
따금 몇 세기 뒤에도 최초의 날처럼 빛나고 있는 모든 것을
사랑을 함으로써 얻어지는 소중한 것들이다.

봄은 하얀 치장을 하고

봄은 치장을 하고
우유빛 하얀 관을 쓰고 있다.
흰 구름은 부드럽고 환하게 빛나는
양떼처럼 하늘을 떠돌고 있다.

하늘에는 흰 나비가 춤추고
하얀 데이지 꽃이 대지를 수 놓는다.
벚꽃과 서리같은 하얀 배꽃은
눈처럼 꽃잎을 뿌리고 있다.
브리지스

165

행복이란 꿈속의 위안과 같은 황홀한 비밀로 이루어져 있
다. 즉, 상상할 수 있는 모든 것을 동시에 체험하고 내면과 외
면을 유회하듯 교체하며 시간과 공간을 무대 장치처럼 꾸며
놓을 수 있는 자유로 이루어져 있는 것이다. 행복을 체험하기
위해서는 무엇보다도 시간으로부터의 탈출, 또한 두려움과 희
망으로부터의 해방을 필요로 한다.

그러나 대다수의 사람들은 세월의 흐름과 더불어 이러한 능
력을 스스로 상실해 버린 나머지 고통의 슬픔에 빠진다.

금빛은 오래 머물 수 없는 것

자연의 첫 푸름은 금빛이었답니다.

오래 머물기에 가장 어려운 색입니다.

자연의 첫 잎은 꽃이었답니다.

하지만 한 시간을 머물지 못합니다.

잎은 곧 잎으로 머물기에

낙원은 슬픔으로 젖어들고

새벽은 낮으로 빛바래는 것

금빛은 오래 머물 수 없습니다.

| 프로스트 |

　강기슭에 물결 치는 갈대숲, 그 숲 속에 트인 꿈같은 빈터.
나뭇가지 사이로 숨은 듯 나타나는 연초록 들판. 누군가와의
무한한 약속. 나는 시골 학교의 복도만큼이나 적막한 산길을
넘어 초록 들판 사이로 뻗어간 길을 걸어갔다. 그때 갑자기 눈
앞에 마술처럼 펼쳐진 화려한 봄을 보았다. 거기에 한 줌의 행
복이 피어 있었다.

꽃이 핀 숲

꽃이 핀 숲 속으로 갔다.
다른 사람과 함께 간 것이 아니라
여러 시간 혼자서 거기 있었다.
그렇듯 행복했던 일이 있었으니
꽃이 핀 숲 속에서.

대지에는 초록색 풀
나무에는 초록색 잎
바람은 소리를 내면서
명랑하게 속삭이고
그래서 나는 행복했다.
무척이나 행복스러웠다.
꽃이 핀 숲 속에서.
스티븐스

　　행복해질 이유가 없다고 생각한 순간부터 내 마음속에 행복
이 깃들기 시작한다. 그렇다. 행복하게 되기 위해서는 아무것
도 필요로 하지 않는다는 것을 확신한 다음부터였다. 자만과
이기심을　아내는 삽질을 하여 보자. 바로 나의 심장에서 걷
잡을 수 없는 희열이 쏟아져 모든 사람들에게 나누어 줄 수
있을 것은 감동에 사로잡힌다. 그래서 나는 행복하게 되기 위
해서는 그 어떤 것도 필요치 않다는 교훈을 얻었다.

나무 중에 가장 사랑스런 벚나무

나무 중에서 가장 사랑스런 벚나무는
가지마다 만발한 꽃을 드리우고
부활절을 맞아 흰 옷 입고
숲 속 길이 화창하다.

이제, 내가 보낸 칠십 평생 중에
스물은 다시 돌아올 길 없으니.
일흔의 봄에서 스물을 빼면
내게 남는 것은 오직 쉰뿐.

그리고 활짝 핀 꽃을 보기엔
쉰의 봄은 너무 짧다.
수풀가로 나는 가야 한다.
눈꽃 송이를 피운 벚꽃을 보기 위해.
아르레드 E. 하우스먼

　행복함은 아침에 일어나 정원에 꽃이 피어 있음을 볼 때,
손님도 찾아오지 않는 마음을 기울여 책을 읽을 때, 온 가족이
모여 화목하게 맛있는 음식을 나누어 먹을 때, 사랑하는 사람
의 눈빛을 바라보고 있을 때, 눈 오는 깊은 밤 먼 북극의 마을
을 떠올릴 때.

음악은

음악은 부드러운 음율이 끝날 때
우리의 추억 속에 여운을 남기고
향기로운 오랑캐꽃이 시들 때
깨우쳐진 느낌 속에 남아 있으니

장미꽃 잎사귀는 장미가 죽었을 때
사랑하는 사람의 침상에 쌓이듯이
그대 가고 내 곁에 없는 날
그대 그런 마음 위에 사랑은 잠든다.
| 쉘리 |

173

　나에게 있어서 행복이란 꿈속의 위안과 같은 비밀로 이루어져 있다. 즉, 상상할 수 있는 모든 것을 동시에 체험하고 내면과 외면을 유회하듯이 교체하며, 시간과 공간을 무대 장치처럼 꾸며놓을 수 있는 자유로 이루어져 있는 것이다.

　행복을 체험하기 위해서는 무엇보다도 시간으로부터의 탈출, 또한 두려움과 희망으로부터의 해방을 필요로 한다. 그러나 대개의 사람들은 세월의 흐름과 더불어 이러한 능력을 스스로 상실해 버린다.

행복

네가 행복을 쫓고 있을 동안은, 너는
행복한 만큼 성숙하지 못하다.
비록 한없이 사랑하는 것 모두가 네 것일지라도

잃어버린 것을 애석해 하고
여러 가지 목표를 가지고 초조해 있는 동안은
아직 평화가 무엇인지 너는 모른다.

모든 소망을 버리고
목표와 욕망도 잊어버린 채
행복 따위를 말하지 않게 되었을 때

비로소 사건의 물결은 네 마음에 닿지 않고
너의 영혼은 비로소 안식을 취한다.
헤르만 헤세

175

"이처럼 젊음의 한때를 계절의 끝에 서서 그것들의 온화함
과 황량함을 동시에 느끼는 것 또한 행복이 아닐까? 여름의
뜨거운 태양빛을 사랑하며 자신을 태우는 과일의 달콤함은 바
로 이런 나른한 오후의 시간 속에서 더욱 강렬해지는 것이라
네. 그리고 나서 내일 어쩌면 그 며칠 후에 자기도 모르는 사
이에 붉게 물들어 버린 잎들이 퇴색한 모습으로 거리 위를 나
뒹굴게 되리라는 것을 우리는 알고 있지. 그게 세월이라는 거
야. 그때서야 비로소 우리들은 시간의 수레바퀴가 삶과 시간
의 침묵 속에서 숨가쁘게 돌아가고 있음을 새삼스럽게 인식하
게 되는 걸세. 그리고는 자기 자신 또한 붉게 물든 나뭇잎처럼
저 풍요함이 끝나면서 조금씩 비어가는 대지의 그 어딘가로
내몰리게 되리라는 엄연한 현실 앞에서 깊은 슬픔에 빠지게
되지, 그게 바로 우리의 인생이 아닌가!"

황혼

황혼이다.
나는 처마 밑에 앉아 마지막 노동에 빛나는
하루의 끝을 바라본다.

밤에 비 뿌린 대지에
누더기 옷을 입은 초라한 노인이
미래에 수확할 것들을 밭이랑에 뿌리는 모습을
바라보고 있다.

노인의 그늘진 그림자가
저 먼 들판까지 차지하고 있다.
그가 얼마나 시간의 소중함을 절감하고 있는지
비로소 나는 알 것도 같다.
　빅토르 위고

　아, 아! 나의 청춘은 아름다운 나날이었습니다. 그 무렵은 참으로 좋았습니다. 물론 죄나 슬픔도 숨어 있기는 했습니다. 그러나 그것은 틀림없이 행복한 세월이었습니다. 그 무렵의 나처럼 술을 마시고, 춤을 추고, 사랑을 나누고, 매일 밤을 칭송한 자는 그리 많지 않을 것입니다.

　그러나 그때에, 그 정도로 끝냈어야 했습니다. 그 후로는 다시 그런 행복한 시절은 오지 않았습니다. 네, 그것이 내 젊음의 마지막이었습니다.

꽃이 하고 싶은 말

새벽 무렵 숲에서 꺾은 제비꽃
이른 아침 그대에게 보내드리우리.
황혼 무렵 꺾은 장미꽃도
저녁에 그대에게 바치리라.

그대는 아는가.
낮에는 진실하고
밤에는 사랑해 달라는
그 예쁜 꽃들이 하고픈 말을.
| 하이네 |

　나의 마음속에는 신념이 없고 모순된 희망만이 작은 등불처럼 흔들리고 있다. 되돌아갈 수 있을지도 모른다는, 안내인을 설득시킬 수 있을지도 모른다는 막연한 패배감이 나를 망설이게 했다. 그렇다, 도대체 왜 할 수 없다는 것일까?

　우리가 떠나온 저쪽은 몇 배나 아름답지 않았는가. 그곳에서의 생활은 더 밝고 따뜻하고 정답지 않았는가. 나는 약간의 행복과 밝은 생활, 그리고 푸른 하늘과 아름다운 꽃에 충족된 가치를 요구할 권리를 가진 인간, 덧없는 목숨의 대가를 가진 존재가 아닌가.

여자의 마음

기도와 평화로 충만한
방이라 할지라도 내게 무슨 소용이 있습니까.
그날 나더러 어둠과 함께 나오라 하셨지만
나의 가슴은 그대에게 있습니다.

어머니의 걱정만큼이나
아득하고 따뜻한 집일지라도
내게 무슨 소용이 있겠습니까.
꽃같이 부드러운 너의 머리카락
폭풍으로부터 우리를 가리워 줄 것입니다.

우리를 애워싸주는 검은 머리와 이슬을 머금은 눈이여,
나에겐 이미 삶도 죽음도 없습니다.
나의 가슴은 그대의 따뜻한 가슴 위에 있고
나의 숨결은 그대의 숨결에 얽혀 있습니다.
| 예이츠 |

이 지상에는 너무나 많은 빈곤과 슬픔, 고통과 잔혹한 사건들로 가득 차 있어 행복한 사람은 자신의 풍요로움을 부끄럽게 생각하지 않는다. 그러나 스스로 행복해질 수 없는 사람은 타인의 행복을 위해 그 어떠한 일도 행할 능력이 없다. 이런 경우 나는 어쩔 수 없이 행복해져야 한다는 생소한 의무감을 느낀다. 하지만 남을 해치거나 약탈로 얻은 행복이라면 마땅히 증오해야 할 일이다.

지금 이 순간

그대에 대한 나의 사랑을
글로는 다 표현할 길이 없습니다.
알맞은 낱말과 구절들을
찾을 길이 없습니다.

나는 분별력을 잃어버렸습니다.
그대를 만난 이후로는
그저 모든 것이 행복할 따름입니다.

사랑하기 때문에 그대를 원하는지, 아니면
그대를 원하기에 사랑하는 것인지
알 길이 없습니다.

다만 내가 알고 있는 것은
그대와 같이 있기를 좋아하고
그대를 생각하면 행복해진다는
지금 이 순간 내 사랑은
그대와 함께 있습니다.

| 피터 맥윌리엄스 |

183

　잠시 귀를 기울이고 눈을 들어 불필요한 견해 차이로 다투는 맹렬한 논쟁에서 벗어나 별들이 운행하는 찬란한 밤하늘을 우러러보며 삼라만상에 귀를 기울이는 여유를 가져보면 알 수 없는 생명들이 부산히 자기의 잠자리를 찾아 어둠 속 어디로인가로 달려가는 모습을 볼 수 있을 것이다. 과연 그것은 우리 인간에게 무슨 의미를 주는 것일까.

　잠시 동안만 밤하늘을 우러러보자. 찬란한 성좌에서 보내오는 아득한 빛은 우리의 눈을 만나기 위해서 수백 년을 여행하고 있는 셈이 아닌가. 저 아득한 곳에서 비치는 빛은 수십만 광년 전에 우리를 향하여 여행하고 있었던 것이다.

순수의 노래

모래알을 세면서 세계를
들꽃에서 하늘을 본다.
너의 손바닥에서 무한을
시간에 영원을 잡는다.

밤을 잊기 위해
밤에 태어난 이의 눈으로 보지 않으면
우리는 거짓을 믿게 될 것이다.
영혼이 빛의 둘레에서 잠드는 시간에
신은 모습을 나타낸다.

밤을 사는 가난한 영혼에는 빛으로
낮을 사는 영혼에는 사람의 모습으로
블레이크

나이먹은 사람들은 언제, 어디서 얼마만큼 강렬하게 행복을 느꼈는가를 다시 기억하고 싶어할 때는 무엇보다도 먼저 유년 시절에서 찾으려 한다. 그것은 당연한 일이다. 왜냐하면 행복을 체험하기 위해서는 무엇보다도 시간이 지배되지 않는, 동시에 공포나 희망이 지배하지 않는 시간이 필요하기 때문이다. 그리고 대개의 사람은 나이를 먹어감에 따라 자기 자신을 초월할 수 있는 능력을 상실하기 때문이다.

찻집의 소녀

그 찻집의 소녀는
예전만큼은 예쁘지 않아요.

팔월이 그녀를 힘들게 했지만
예전만큼 층계를 열심히 오르지도 않아요.

이제 그녀 또한 중년이 되었겠지요.
우리에게 과자를 날라줄 때
풍겨 주던 청춘의 빛도

이젠 더 이상 볼 수 없겠지요.
그녀 또한 중년이 되겠지요.

에즈라 파운드

　행복은 우연히 찾아오거나 마주치는 그림자와 같아서 당신
이 길거리에서 자주 만나는 낯익은 사람들처럼 순간마다 나타
난다는 사실을 어찌 깨닫지 못한단 말인가.

　하지만 당신이 꿈꾸던 행복은 그런 모습이 아니었는지도 모
른다. 그런 이유로 당신의 행복이 갑자기 사라져버렸다고 생
각하고 있다면, 오직 당신이 바라는 소망에 맞는 행복을 인정
하지 않는다면 불행이 찾아온다는 사실을 염두에 두어야 한
다.

물망초

맑은 물 흐르는 시냇가에
하늘색 물망초가 홀로 피었다.
물결은 밀려와 입맞춤하지만
다시금 사라져 잊어버린다.
| 하이네 |

　시간의 느린 걸음. 흙으로 그려진 마을의 작은 거리, 낮에는 장밋빛, 저녁에는 보랏빛, 인기척이 없어도 어스름이 내리는 밤의 입구, 가벼운 바람이 불빛을 흔든다. 창문 밖의 전설 같은 지붕들 위에 떠 있는 묘한 밤하늘. 달빛의 소리 없는 함성. 이제 도시는 사람들이 잠에서 깨어나기를 빠르게 기다리고 있다. 나는 바란다. 행복이 죽음 위에 피는 꽃과 같기를.

맑고 향기롭게

눈을 조심하여 남의 잘못을 보지 말고
맑고 아름다운 것만을 보라.
입을 조심하여 해서는 안될 말을 하지 말고
착한 말 바른 말만 하라.

나쁜 친구를 사귀지 말고
어질고 착한 이를 가까이 하라.
지혜로운 이를 따르고
남을 너그럽게 용서하라.

찾아오는 것을 막지 말고
가는 것을 잡지 말라.
남을 해치면 그것이 자기에게 돌아오고
세력에 의지하면 도리어 화가 따르는 법이다.

　숫타니파타

밝은 햇볕을 듬뿍 받고 있는 열린 창문 앞에 보랏빛 포도송이가 전설처럼 주렁주렁 매달려 있다. 엷은 갈색을 띠고 있는 포도알이 명상에 잠겨 익으면서 소리 없는 함성으로 빛을 새김질 한다. 향기로운 생의 마지막 맛을 빚고 있는 중이다.

최초 행복의 주인은 누구였을까.

거두어들이지 않은 것

담장 너머로 알 수 없는

익은 냄새가 물씬 풍겨 와

늘 다니던 낯익은 길을 버리고

발길을 더디게 하는 게 무언지 찾아갔더니

사과나무 한 그루가 서 있었습니다.

잎새 몇 개 나아 있는 사과나무는

여름의 무거운 짐 다 벗어버리고

여인의 손부채처럼 가볍게 숨을 쉬고 있었다.

더할 수 없는 사과 풍년이 들어

땅 위에는 온통 떨어진 사과들로

빨간 둘레를 이루고 있었다.

모두 거두어들이지 않고

얼마만큼은 남겨두는 것도 좋겠다.

정해진 계획 밖에도 많은 것이 남아 있다면

사과든 뭐든 잊혀져 남겨진 게 있다면

그래서 그 향기 마시는 게 죄가 되지 않는다면.

| **프로스트** |

193

 풍경의 끊임 없는 변화는 행복의 모든 형식을, 그것들이 지
닐 수 있는 명상과 슬픔의 형태를 알지 못하고 있다는 사실을
보여준다.

 소녀 시절, 시골의 낯선 들판을 헤메이면 가끔 알 수 없는
슬픔에 잠기곤 하던 그때의 낯선 시간 속에서 갑자기 내 어린
영혼이 어디로인가 떠나가는 아픔을 기억하고 있다. 이제 성
년의 되어 느끼는 슬픔은 낯익은 풍경으로 조금씩 모습을 완
성시키며 생활 속으로 흡수되고 있었다. 그리하여 나는 완성
된 슬픔을 흐뭇하게 바라보며 행복의 빛깔을 알 수 있었다.

작은 것

작은 물방울
작은 모래알
그것이 시작되어 바다가 되고
아름다운 나라가 된다.

작은 시작의 움직임
비록 하찮을지라도
마침내 영원이라고 하는
위대한 시대가 된다.

조그만 친절
조그만 사랑의 말
그것이 지상을 예덴이 되게 하고
천국과 같은 세상을 만든다.
│ 카니│

　나의 내면은 생동의 봄으로 가득 차 있어서 인생의 빛과 그
림자, 생활의 풍요로움과 궁핍, 이 모든 것이 청춘의 메아리처
럼 느껴진다. 때때로 나는 예감할 수 없는 벅찬 감동에 불타오
르기 때문에 그 뜨거운 열정을 다른 사람에게 전해 주고 싶은
갈망은, 마치 꽃 한 송이를 남에게 건네 줄 때의 작은 만족감
같은 느낌을 행복이라고 말하고 싶다.

내가 찾던 것이 내 안에 있었네

모두들 행복을 찾는다고
온 세상을 헤매고 있습니다.

하지만 새로운 도전이란
잠시 혼란스럽고 불행하기 마련
마침내 지친 그들은
자기 자신에게로 돌아오는 수고로움을
알지 못합니다.

내가 찾던 것이 있었습니다.
그것은 바로 내 안에 있었습니다.
행복이란
참다운 나를
사랑하는 이와 나눌 줄 아는 것입니다.
| 수잔 폴리스 슈프 |

죽음은 커다란 행복이다. 첫사랑의 성취와 같을 만큼 큰 행복이라고 나는 생각한다. 나를 무(無)와 순결 속으로 인도해 주는 것이 바로 어머니와 같은 죽음이다. 나는 죽음에 대항할 필요를 느끼지 않는다. 왜냐하면 죽음이란 존재하지 않기 때문이다. 그러나 분명히 존재하는 것은 죽음에 대한 두려움이다. 하지만 이 두려움은 우리가 치유할 수 있는 것 중의 하나이다.

봄의 행복

봄이다, 3월.

감미로운 미소의 달, 4월.

꽃피는 5월,

무더운 6월.

모든 아름다운 달들은 나의 친구들이다.

잠 들어 있는 강가의 포플러 나무들

커다란 종려나무들이 부드럽게 휘어진다.

새는 포근하고 조용한 숲에서 파닥거린다.

초록빛 나무들이 함성을 지르고

해는 왕관을 쓴 듯 힘차게 솟아오른다.

저녁이면 사랑으로 가득 차고

밤이면 거대한 그림자 사이로

하늘이 내리는 축복 아래

영원히 행복한 노래를 부르리라.

빅토르 위고

아침 잠에서 깨어나는 순간부터 내 자신이 존재하고 있다는 사실에 놀라 스스로 경탄을 금할 수 없다. 슬픔의 종말이 가져다주는 기쁨이 어찌하여 희열의 종말에서 맛보아야 하는 슬픔보다 더 크지 못한 것일까?

그 까닭은 슬플 동안만큼 상실하는 행복을 느끼게 되지만, 우리는 그 행복으로 하여 고통을 잊게 된다는 사실을 까마득히 잊는다. 말하자면 행복하다는 감정은 우리들에게 당연한 결과이기 때문일 것이다.

눈부시게 아름다운 오월에

눈부시게 아름다운 오월에
모든 꽃봉오리가 벌어질 때
나의 마음속에서도
사랑의 꽃이 피어났다.

눈부시게 아름다운 오월에
모든 새들이 노래할 때
나의 불타는 마음을
사랑하는 이에게 고백하였다.
하이네

　나의 행복은 타인에게 증여함으로써 이루어진다. 그렇다면 죽음도 내 손 안의 행복은 앗아가지 못할 것이다. 죽음이 기껏 나에게서 빼앗아 갈 것이 있다면 재물, 자연적인 환경, 다시 말해서 누구에게나 공통적으로 독점하기에는 어울리지 않는 재물이리라.

　이미 나에게 그러한 재물은 가치가 없다. 이제 진정으로 나에게 필요한 것이 있다면 산해진미보다는 시골집의 거치른 음식, 대리석 돌담으로 둘러싸여 있는 아름다운 정원보다는 생울타리 뜰안의 작은 꽃밭, 희귀한 호화판 서적보다는 산책할 때 편하게 가지고 다닐 수 있는 문고판 책을 더 좋아한다.

　이렇듯 행복은 타인의 행복을 증가시키는데 있다. 내가 행복하려면 만인의 행복이 더 필요하다.

그대는 나의 것이 되어

이 세상 그 어떤 여자도 남자에게
그렇게 하진 못했으리라.

사랑하는 그대여,
그대는 사랑 받은 다른 여자와 달리
내 청춘이 한 걸음 한 걸음 앞으로 나아갈 때마다
삶의 아침을 찬란하게 장식해 주었네.
나의 것으로 남아 있기 위하여
이토록 빨리 돌아와 준 그대여,

이 세상 그 어떤 여자도 남자에게
그렇게 하진 못했으리라.
| S. 안젤리 |

　나뭇잎 사이로 속삭이며 내리는 빗소리의 아련함, 안개가 피어오르는 대지의 미미한 향기, 황혼 무렵에 들려오는 고요한 노랫소리, 파도에 흔들리는 외로운 흰 돛단배의 여윔, 어둠 속에서 보석처럼 반짝거리는 먼 마을의 작은 불빛의 꿈같은 화려함. 산 속 호수에 한 폭의 그림처럼 피어나는 보랏빛 안개, 깊은 골짜기처럼 텅 빈 도시의 일요일 거리. 이것이 행복의 표정이다.

언제나 서로에게 소중한 의미이기를

그대가 나를 얼마나 생각하는지
그대의 두 눈을 보면 알 수 있습니다.
그대가 나를 사랑하고 있다는 것을
나는 너무나 잘 알고 있습니다.
내 가슴으로 느끼는
다정다감한 감정을 모두 표현하기란
쉽지 않다는 것을 알아주기 바랍니다.

낮이나 밤
일 년 내내 어느 때나
내 마음은 언제나 변함이 없습니다.
앞으로도 또 여러 해가 지난 후에도
우리 두 사람은
언제나 서로에게
지금 만큼의 의미를 지니도록 기도드립시다.

| 세리 도어티 |

　외로운 날이면, 나는 작은 방랑자가 되어 새벽의 여린 별빛이 사라지면서 서서히 안개가 피어오르는 먼 계곡을 찾아 높은 산마루를 오른다.

　가파른 암벽은 냉정하고 견고하며 뚜렷하게 모습을 드러낸다. 그러나 저편에는 훨씬 더 먼 곳에는 행복에 찬 푸른 산의 모습이 빛나면서 나를 기다리는 듯 누워 있다. 더 한층 숭고하게 꿈꾸듯이 말이다.

　그 후에도 그 곳에서 많은 시간을 보내며 자주 그 푸른 먼 곳이 나를 유혹하듯 손짓하는 것을 보았다. 나는 그 신비로운 힘을 거역할 수가 없었다. 왜냐하면 그 속에서 고향을 느꼈고, 산마루에 오르면 언제나 타향 사람이 되어 갈 수 없는 고향이라도 있는 듯 애잔한 그리움의 슬픔을 맛보았기 때문이다. 마침내 나는 그것을 행복이라고 부르게 되었다.

행복한 사람이 되기 위하여

지키지 못할 약속은 해서는 안 된다.
부부도 원래 타인에 지나지 않다.
타인의 장점은 주저하지 않고 칭찬하라.
현명한 사람은 누구에게나 배운다.

위기야말로 절호의 기회
나를 바꾸면 주위가 바뀐다.
베푼 은혜를 생각하지 말고
받은 은혜를 잊지 마라.

하등 인간은 혀를 사랑하고
중등 인간은 몸을 사랑하고
상등 인간은 마음을 사랑한다.
  타카모리 켄테스

행복이 우리가 원하는 최상의 것이라면 직접적인 추구의 대상이 될 수 없다. 왜냐하면 대개의 인간은 쾌락만을 찾아서 행동하기 때문이다. 그러나 행복만을 추구한 결과 쾌락 대신에 비애를 만나는 경우도 없지 않을 것이다. 물론 다른 목적을 추구함으로써 자연스럽게 행복을 발견할 수 있다. 행복 이외의 다른 대상을 탐구하고 또 발견하였다 하더라도 자신에게 행복이 어떤 모습인가를 볼 수 없는 안타까움이 있다.

만일 행복이 당신을 기다리고 있다면 당신은 행복 이상의 또 다른 대상을 반드시 갈망하게 된다. 우리 인간은 행복을 가지기 위해 노력하고, 또 그것을 얻기 위해 고통을 참고 인내하지만, 오히려 우리는 행복을 잊음으로써 또다른 행복을 얻을 수 있다는 현명한 대답을 찾을 수 있다. 사실 그것은 이중적인 역설이다.

내 마음은

내 마음은
그녀의 보드라운 장밋빛 손바닥에 놓인
물 한 방울.
황홀한 침묵에 목을 떨며
손바닥이 움직이는 대로 따라 움직인다.

내 마음은
그녀의 뜨거운 손에서
부서지는 붉은 장미 꽃잎
이제 최후의 향기를 토해 내고
운명의 손아귀 속에서 사라져버린다.

내 마음은
증발해 버린 구름 한 조각.
태양을 따라 아름답게 변하고
그 품속에서 무지개를 만나며
끝내는 녹아내려 눈물로 변해 버린다.
| S. 윌리엄스 |

저녁 때면 흩어졌던 사람들이 제각각 가정으로 모여드는 것을 예사롭게 볼 수 있는 일상의 풍경이다.

피로에 젖은 위안의 귀로. 집의 출입문이 잠시 빛과 온기와 웃음으로 맞아들이기 위해 조용히 열렸다가 다시 닫쳐지면 밤은 한 발짝 더 깊어진다.

이제 방황하는 것들은 무엇이든 일체 그 안으로 들어갈 수 없다. 오직 행복만이 밤을 지키고 있을 뿐이다.

타인의 아름다움을 말해 주십시오.

타인에게서 가장 좋은 점을 찾아내어
그에게 말해 주십시오.
우리들은 누구에게나 그것이 필요합니다.
우리는 타인의 칭찬 속에 자라왔습니다.
그리고 그것이 우리를 더욱 겸손하게 만들었습니다.

사람은 누구나 근본적으로 위대하고 훌륭합니다.
아무리 누구를 칭찬한다고 해도 지나침은 없습니다.
타인 속에 있는 위대함과 아름다움을
발견하는 눈을 기르십시오.

그리고 아름다움을 찾아내는 대로
그에게 말해 줄 수 있는 힘을 기르십시오.
| 메리 헤스켈 |

211

　이 세상에서 인간이 향유할 수 있는 가장 중요한 것을 발견한 순간부터 행복은 나에게 자연의 욕구일 뿐만 아니라 도덕적인 의무까지 향상시켰다.

　나에게는 그와 같은 관습이 행복을 넓히는 최상의 방법이며, 동시에 스스로가 그 행복의 모습을 표현해야 할 것 같이 생각되었다. 그래서 나는 늘 행복하게 되려고 마음을 비워 놓는다.

내가 부를 노래

내가 진심으로 부르고 싶었던 노래를
아직까지 부르지 못했습니다.
수많은 악기만 켜 보다가 세월만 흘러갔습니다.
아직 때가 되지 않았다고, 말로도 다 표현하지 못했습니다.
준비된 것은 오직 바라는 마음뿐입니다.

꽃은 더 이상 피지 않고
바람만이 한숨 쉬듯 지나갔습니다.
나는 당신의 얼굴을 보지 못했고
당신의 목소리조차 들어보지 못했습니다.
오직 알 수 있는 것은 내 집 앞을 지나는
당신의 가벼운 발걸음 소리뿐입니다.

내 집에 당신의 자리를 마련하는데
많은 시간을 보냈습니다.
하지만 아직 등불을 켜지 못한 탓으로
당신을 내 집으로 청할 수 없습니다.
나는 늘 당신을 만날 희망 속에 살고 있지만
그러나 나는 아직도 당신을 만나지 못하고 있습니다.

| 타고르 |

213

　저녁 무렵, 저 멀리 아련하도록 넓고 푸른 들판을 바라보며
냉랭하고 견고한 현실을 잊어버리는 것, 이것이 바로 행복의
느낌이다. 물론 이 충만된 감정은 내가 어린 시절에 생각했던
것과는 다른 조용하고 더 쓸쓸한 것이어서 성숙된 아름다움을
느낄 수 있었지만, 심한 갈증과 같은 기쁨은 맛볼 수 없었다.
이렇듯 나만이 간직할 수 있는 조용한 은둔의 행복에서 다음
과 같은 지혜를 배웠다. 인생이란 긴 여정을 걸어가면서 삶과
의 간격이라는 거리를 둔다는 것, 그리고 이 세상의 모든 것들
에게 차갑고 잔혹한 고통의 빛을 비추지 않는다는 것이다. 그
러므로 이 모든 것들을 일상 속에 엷은 금박을 씌운 소중한
물건을 만지듯이 조심스럽게 그리고 겸허한 마음으로 접촉해
야 한다는 깨달음을 얻었다.

나의 마음을 위해서라면

내 사랑을 위해서라면
당신의 가슴으로 충분합니다.
당신의 자유를 위해서라면
나의 날개로 충분합니다.
당신의 영혼을 위해서 잠들어 있던 사랑이
나의 입으로부터 하늘까지 올라갑니다.

매일매일 당신에게 대한 그리움이
내 마음 속에 있습니다.
꽃잎에 맺혀 있는 이슬처럼
당신은 사뿐히 다가옵니다.
당신의 모습이 나타나지 않음으로 해서

당신은 지평선 너머로 멀어져 갑니다.
파도처럼 영원히 떠나갑니다.
소나무 돛대처럼 당신은 바람을 통해
노래한다고 말했습니다.
| 네루다 |

　나이먹은 사람들은 언제, 어디서 얼마만큼 강렬하게 행복을 느꼈는가를 다시 기억하고 싶어 할 때는 무엇보다도 먼저 유년시절에서 찾으려 한다.

　왜냐하면 행복을 체험하기 위해서는 시간이 지배하지 않는, 동시에 공포나 희망이 지배되지 않는 시간이 필요하기 때문이다.

언덕 위로 뻗은 길

언덕 위로 뻗은 길이 내내 구불구불 하나요?
그럼요, 끝까지 그래요.

오늘 여행은 하루 종일 걸릴까요?
이른 아침에 떠나 밤까지 가야 해요, 내 친구여.

그럼 밤에 쉴 곳은 있을까요?
서서히 저물 무렵이 되면 집 한 채가 있지요.

날이 어두워지면 보이지 않을 수도 있겠군요?
그 집은 틀림없이 찾을 수 있어요.

밤에는 다른 길손들을 만나게 될까요?
먼저 간 사람들을 만나겠지요.
로제티

　언제나 가을철이 찾아오면 나의 마음은 외로웠다. 슬픔에
가슴이 저민다고까지는 말할 수 없다 하더라도 깊은 향수에
잠겨 공상하면서 잃어버린 추억을 떠올리게 된다.

　어느 고장에 정착해서 산다는 것, 한 조각의 땅, 다소 명청
하게 들녘 한 곳을 바라보거나 그림을 그리거나 하는 것 뿐만
아니라, 그것을 사랑하고, 농부나 목부의 아늑한 행복을 맛보
는 것, 그것은 나에게 있어서 매우 아름답고 부드러운 운명이
라고 생각되어진다.

높은 산 속의 저녁

행복한 하루였습니다. 알프스가 붉게 타고 있습니다.
이 빛나는 광경을 지금, 당신에게 보이고 싶습니다.
말없이 당신과 함께 이 덧없는 기쁨 앞에
가만히 서 있고 싶습니다.
그런데 왜 당신은 돌아가셨습니까.

골짜기에서 엄숙하게
이마에 구름이 가린 밤이 솟아올라
서서히 절벽과, 목장과, 묵은 흰눈의 빛을 지워갑니다.
나는 그것을 보고 있습니다.
하지만 당신 없이는 아무것도 필요 없습니다.
헤르만 헤세

당신들은 플라톤을 배우고, 예수를 따르고, 고독한 철학자인 스피노자에 귀를 기울이고, 자연 속에서 인간의 영혼을 노래한 실러를 음미해야 한다. 그러므로 마침내는 권력이나 명예, 치부와 소유를 추구하지 않는 사람만이 행복의 풍요로움을 누릴 수 있다는 궁극의 지혜가 깃들어 있음을 깨닫게 될 것이다.

행복

　　나는 당신을 사랑하고, 당신의 행복을 사랑합니다. 나는 온 세상 사람이 당신을 사랑하고, 당신의 행복을 사랑하기를 바랍니다.

　　그러나 정말로 당신을 사랑하는 사람이 있다면 나는 그 사람을 미워하겠습니다. 그 사람을 미워하는 것은 당신을 사랑하는 마음의 한부분입니다.

　　그러므로 그 사람을 미워하는 고통도 나에게는 행복입니다.

　　만일 온 세상 사람이 당신을 미워한다면, 나는 그 사람을 얼마나 미워하겠습니까.

　　만일 온 세상 사람이 당신을 사랑하지도 않고 미워하지도 않는다면, 그것은 나의 일생에 견딜 수 없는 불행입니다.

　　만일 온 세상 사람이 당신을 사랑하고자 하여 나를 미워한다면, 나의 행복은 더 클 수가 없습니다.

　　| 한용운 |

삶이 그대를 속일지라도

2013년 5월 30일 개정판 발행

지은이 ｜ 푸쉬킨(외)
엮은이 ｜ 홍 석 연
펴낸곳 ｜ 문 지 사

등록일 ｜ 1978. 8. 11(제3-50호)
주 소 ｜ 서울특별시 은평구 갈현1동 423-16
영업부 ｜ 02) 386-8451(代)
편집부 ｜ 02) 386-8452
팩 스 ｜ 02) 386-8453

값 10,000원